TO

郵便配達人
花木瞳子が望み見る

二宮敦人

TO文庫

郵便配達人　花木瞳子が望み見る

夏も終わりに近づいた、ある日の夕方。

団地を出てすぐの曲がり角、公園の脇にそのポストはあった。大通り側からはクリーニング屋を挟んでいるため見えづらいが、赤く四角くひっそりと、いつものように立っていた。

ポストからほんの数メートルの距離、公園のベンチで一人の男が携帯電話をいじっていた。

学校帰りの小学生たちの甲高い声が聞こえてくる。

「焚き火婆(たびばばあ)、俺、見たんだって」

「マジで？　マジで？」

「マジだって。あれは絶対そう」

「ほんとに、手だけで火を起こすの？」

「ああ。ライターもマッチもいらないんだ。ちょっと手をこう、もみもみすると、火がつく。ほら、きっと北小の方のコンビニも、焚き火婆が燃やしたんだぜ」

「ほんとかよ。どうすればいいの？」

「ヨっちゃんが言ってたけど、焚き火婆と目を合わせちゃいけないんだ。もし目が合っちゃったら、両手を合わせて『豆腐、七つ、ショウガ』って唱えるんだよ……やべっ！」

「え？」

「ほら！　焚き火婆かもしれないぞ、あいつ！」

その声に一瞬、男は携帯電話から目を離す。小学生は、時折実に失礼なことを言うものだ。最も、自分も昔はそうだったが……。

「マサちゃん、あいつ、マッチも何も持ってないじゃないか」

「バカ！　それが焚き火婆なんだって。お前、話聞いてた？」

ポストの前を一人の老婆が、ゆっくりと歩いていくのが見えた。普通のお婆さんじゃないか。男は苦笑し、再び手元に目を落とした。

「いつ火出すんだよ。全然出さないじゃん」

「でもさ、念のために、オマジナイ唱えとこうぜ」

「なんだっけ？　マサちゃん、もう一回教えてよ」

声と気配が遠ざかっていく。

男は腕時計を見た。休憩時間もそろそろ終わりだ。ふいに顔を上げた時、妙な臭いが漂ってきた。

何度か瞬きし、目をこすって、ポストを見やる。それから立ち上がり、まるで夢でも見ているかのような足取りで近づいた。

ポストから、薄く細く幾筋もの黒煙が空へと伸びている。

元気よく蝉が鳴き、廃品回収のアナウンスが遠くを流れる中、男はポストに手をかざした。熱い。あたりを見回すが、他に通行人の姿はない。

ポストの正面に回り、投函口の隙間をそっと窺う。

手紙・はがき（小型郵便物）。

大型郵便・速達郵便・国際郵便など（その他郵便物）。

二つに分かれた投函口の双方から、煙が吹き出していた。ふと、まるでむせ返ったかのように銀色の口が開き、煤煙と火の粉が吐き出された。覗き込んでいた男は思わず目を閉じて尻餅をつく。一瞬だったがポストの中が見えた。

焼却炉のごとく、真っ赤な炎に照らされた内側が。

「火事です。ポストが。ポストが燃えてるんです……」

一一九番に電話した男は、自分でも目の前の光景が信じられないとばかりに、そう言った。

改めてあたりを見回したが、小学生たちの姿も、老婆の姿も、どこにも見当たらなかった。

律君へ

　無事に就職が決まって何よりだよ。大丈夫だとは思っていたけれど、それでも嬉しいね。みんなに自慢したいのをぐっとこらえて、諏訪大神様だけには報告してきたよ。

　律君はどんな毎日を過ごしているかな。若いってことは、素晴らしいよ。世界がぐんぐん広がっていく。無限の選択肢だ。進めばそこに道ができるような気がするんじゃないかね。

　私のような年齢になったら、そうはいかない。選択肢は減る一方。向かう道はたった一つ、崖に繋がる道、それだけになっちゃうね。仕方ないのさ。

　人間関係だって、今更新しく作りようがない。たどり着いたところで、うまくやっていくしかないんだ。例えば私でいえば、団地のお茶会仲間がそうなるのかな。お茶会は、相変わらず続いているよ。

　毎回繰り返されるんだよね、孫自慢が。あれは世間話でもあるんだけどね、別の見方をすればマウンティングなんだよ。私はこんなに孫に大切にされている、こんな立派な孫がいる。そう主張して、最終的にはこう言いたいのさ。

　だから私はお前より上だ。

とね。

　人間は無意識に、他人と自分の立ち位置を比べずにはいられない。孫からの手紙が一通来るだけで、お茶会の力関係なんて変化してしまう。時々、面倒になるよ。どうしてこんな思いまでして私はお茶会に来ているのか。くだらない。

愚痴っぽくなったね、悪かった。

こんなことはお茶会仲間には絶対に言えないから、ついね。

律君のおばあちゃんより

〒

「手紙を燃やしちゃえばいいのよね」

鶴田淳子(つるたじゅんこ)は分厚い眼鏡の位置を直し、皮肉っぽくそう言った。

「私たち老人を殺すなら、それだけで十分よ。だって他に楽しみなんてないんだから。高齢者問題なんて一発で解決、そうでしょ」

鶴を思わせる、細く皺(しわ)の入った喉を、くつくつと震わせて笑う。

「本当に燃やされたら、冗談じゃ済まないくせに、よく言うよ……」

ストレートの白髪を後ろで結んだ亀山初美(かめやまはつみ)は、ティーポットを持ったまま応じる。口には煙草をくわえたままだ。比較的体格の良い亀山は、痩(や)せぎすの鶴田とは対照的だ。その丸顔と眠そうな眼差しは、見る人によっては亀を想起するかもしれない。最も、亀山は見た目ほどおっとりとはしておらず、早口に続ける。

「そういえば最近は不審火が多いね。こないだも北小のコンビニが燃えた」

鶴田が頷いた。

「亀ちゃんは知ってる？『焚き火婆』の噂話。何もないところから火を起こす放火魔がいるって。このへんも物騒になったもんだよ」

「ちょっと……怖いから、やめてよ……そういう話……」

怯(おび)えた目で二人を見てそう言ったのは、小柄な海老沢志保(えびさわしほ)。食器棚を引っ掻(か)き回すようにしてカップを探している最中だ。

「ねえ亀ちゃん。カップ、この筒型のでいいの？」

海老のように曲がった腰ではうまく上が見えないためか、難儀している。

「ああ、それはコーヒーカップ。横の、口が広がっているのがティーカップ」

「カップなんてみんな同じじゃないの、亀ちゃん」

「あんたたちは何にも知らないんだね。紅茶は熱湯で入れるから冷めやすいように口が広いんだ。コーヒーは低温で抽出するから、冷めにくいように筒型。外気との接触面積の問題」

「へえ……亀ちゃんって、いつも物知りだねえ。すごいよ。お姉ちゃんみたい」

海老沢が目を丸くして、感心している。

「あんたのお姉ちゃんになった覚えはないよ。昔、店のお客さんに習ったのさ。それから、カップの中にも模様があるのは原則ティーカップね。紅茶なら注いでも液体越しに模様が見えるけど、コーヒーじゃ見えないでしょ」

「あ、そうか。なるほどねえ……さすが亀ちゃん」

しきりに感心しつつ、海老沢はティーカップを並べていく。そこに亀山は茶を注いだ。豊かな香りが立ち上る。

「ちょっと待って、これ本当に紅茶？　なんか泥くさくない？」

真紅の水面を覗き込み、鶴田が顔をしかめた。

「え。本当だ、何これ。不良品？」

「亀ちゃん、パッケージよく見なよ。プーアル茶って書いてあるけど」

袋を眺めての鶴田の指摘に、亀山は頭をかいた。

「あー……間違えた……全然気づかなかった」

「私もそういうの、あるある。年取ったら仕方ないんだよ」

海老沢も頷く。

「カップには詳しいくせに、茶っ葉は適当ってのも笑えるねえ」

呆れたように鶴田が言い、三人の老婆はひっひっと笑った。


亀山は同じ団地に住む鶴田や海老沢と、しばしばお茶会をしている。誰かの家に集まってお茶を飲み、お喋りをするだけの会だが、ほとんど毎日のように開催されていた。

「若い人にはわからないよね。一人暮らしの老人がどれだけ孤独かって」

お茶会のたびに言う言葉を、今日も鶴田は言った。不思議な味のプーアル茶を舐め、亀山も頷く。

「だろうね。やることがないってのは、辛いもんだよ」

「でしょ。食事だって掃除だって、自分一人じゃ張り合いも何もない。ただ餌を作って、流し込むだけさ。何回かそれをして、何回かトイレに行ったら一日が終わる。テレビは別に面白くもないけど、スイッチを消すと寂しい、ただ寂しい。だからつけっぱなし。囚人と大して変わらないって思うよ」

「囚人の方がマシだよ。一応刑期を満了して外に出る希望があるわけだから。私たちには何もない。未来がない。希望がない」

「じゃあ、無期懲役の囚人ね……」

「ちょっと海老ちゃん、私たちが何の罪を犯したっていうの。長生きのしすぎ？」

三人の話は堰を切ったように止まらない。

「こんな老後なんて、思ってもみなかったよ」

深いため息とともに、亀山は紫煙を吐き出した。

「亀ちゃん、老人になるまで気づかないものさ。とかく全て、やり甲斐ってものがない。何か勉強したってしょうがないってのはね」

「活かす将来もなけりゃ、話す相手もいないものなあ……」

「そう。結局、一番大切な財産は時間と友達。でも、どちらもみるみるうちに減っていく。まるで、穴の開いた桶よ」

「私たちがいるよ？　鶴ちゃん」

「あんたたちだっていつまで生きてるか、わかったもんじゃないって。消えていかないのはお金だけ。そのお金も、冥土にゃ持って行けないときた。娘に渡すと思うとね、私は癪に障るよ」

「孫にあげると思えばいいんじゃない。鶴ちゃんも、孫は可愛いわけでしょ？」

亀山がそう言うと、一瞬会話が止まった。そして全員がため息をつく。

「孫は本当に可愛いわあ……」

でしょ、と頷いて亀山は立ち上がり、食器棚の脇の壁に手を伸ばした。

「亀ちゃん、また増えたの。筆まめなお孫さんで羨ましいね」

壁には大きなボードがかけられていて、無数の便箋がマグネットで止められている。どの便箋にも丁寧な字がびっしり。いつ見ても美しいと亀山は思う。

一番右端の便箋を取り、テーブルに戻った。

「ほら見て。うちの孫、字うまいでしょ。で、ちょっと読んでみてほしいんだけれど……」

そこで、鶴田と海老沢が割り込んできた。

「あら、それだったらうちの孫もよ。昔、習字の大会で金賞取ったんだから」

「う、うちの孫は、字はダメだけど絵なら上手なんだよ」

みな、我先にと話す。うんざりしながら、亀山は聞いた。

「海老ちゃんの、字が下手な孫って誰だっけ。二番目の子？」

「ええっと、どうだったかな。そうだ、三番目の、一番下の孫よ。こないだ、私の似顔絵送ってくれたんだから。見る？」

「見ないって言ったらどうするの」

「ダメ。もう持ってきてるから、見てもらう。ほら、これ……」

　亀山はやむなく手紙を引っ込める。そして海老沢が誇らしげに突き出した紙を覗き込んだ。

画用紙いっぱいにクレヨンで描かれた、丸とも顔ともつかぬ図形。

「いいわねえ」

「この鼻のあたりとか、うまいもんじゃない」

　ひとしきり御座なりな感想を述べてから、今度は私の番とばかりに亀山は身を乗り出す。

「で、この手紙。ちょっと読んでほしいところがあって」

　しかしこれは鶴田に遮られた。

「はあ、みんなの孫は、おばあちゃん想いで羨ましいよ。うちの孫ときたら、愛想がいいのはお小遣いをあげる時だけでねえ」

　俯いた拍子に分厚い眼鏡がずれる。

「何言ってんの、あんただって手紙が来た日は、いつもご機嫌じゃない」

「あー……ま、まあね。やっぱり嬉しいよ、そりゃあね」

　鶴田は眼鏡の位置を直し、やや照れながらも頷いた。

　手紙を読んでもらうタイミングは逃してしまったようだ。亀山はやむなく便箋をしまうと、煙草を灰皿の上で叩いた。

　みな孫からの手紙が宝物なのだ。先のない老人にとっては、孫とは未来そのもの。手紙はその未来と繋がる唯一の綱。大げさでもなんでもなく、現世と自分を結ぶ命綱。

こんな私ですら、そう感じるときがあるのだから……。

「だからね、最初の話に戻るけど。私たちを殺すなら、手紙を焼いちゃえばそれで済むわけよ」

鶴田が言った。

「一通の手紙がどれだけ嬉しいか、何度読み返すことか。喉から手が出るほどほしい、だけど負担にはなりたくない。年寄りの話に便箋一枚付き合わせるのだって心苦しいから、文章は吟味して、簡潔にまとめて。返事を下さいなんて絶対に書かない、書けない」

うんうんと海老沢も頷く。

「でも返事を期待する気持ちは本当でしょう」

「もちろんさ。毎朝、今日は手紙が来るかな、なんて思いながら、布団から出る。返事が遅ければ、何か手違いがあって届かなかったんじゃないかとか。追加で新しい手紙を出すかどうか考えたりね。重い女にはなりたくないし、さりとて忘れられるのは寂しい」

「鶴ちゃん、まるでラブレターみたい……」

「肉欲がない分、むしろ純愛かもしれないね。若いころ旦那に書いた手紙より、よほど真面目にやり取りしてるよ」

互いに笑いあっていた時だった。ふとインターホンが鳴った。

「ん、誰だろ」

亀山は立ち上がり、受話器を取る。その様を鶴田と海老沢も見つめていた。

「はい、どなた」

「突然申し訳ありません、郵便局の者ですが……」

据え付けられたモニターが訪問者の姿を映し出す。電子の窓の向こうでは、きちんと制服を着た郵便局員が二人、神妙な顔をこちらに向けていた。

〒

「いいか瞳子。基本的には俺が喋るから、お前は余計なこと言うなよ」

ひそひそ声で、二重あごの吉田主任が釘を刺す。

「わかってます、ヨッシー主任。何度も言わないで」

立川東郵便局の郵便配達人、花木瞳子は口を尖らせた。

「営業に来たんだったらお前のノリは歓迎なんだけどな、今回は謝りにきたわけだから、大人しくしてろよ」

「しつこいですよ、わかりましたってば」

局を出る時からずっとこの調子だ。ついていきたいと無理言ってお願いしたのは私だけど、こんなことなら別の機会に一人で来れば良かった。

「万が一深刻なクレームになったらまずいからな、できるだけここで収めるために……」

相変わらず吉田主任はぶつぶつ言っている。彼は体格の割に、小心者なのだ。そっちこそしっかりしてくださいよ、そう制服のお尻をつねってやろうとしたところで、ドアが開いた。

「どうも。何の御用？」

顔を出したのは丸顔のお婆さん。亀山さんだ。その後ろには鶴田さんと海老沢さんの姿も見える。三人は一緒にお茶でもしていたらしい。

「実は昨日、郵便事故が発生しまして」

まずは吉田主任が一歩進みでて、真剣な口調で切り出す。約束通り瞳子は黙ったまま、横に立っていた。

「郵便事故？」

「三丁目の公園前のポスト、あっちのクリーニング屋の裏ですね、そこで火災が起きたんです。幸いすぐに消し止められましたが、中が焼けてしまいまして」

「燃えた？　手紙がかい」

亀山が表情を曇らせる。

「どうやら放火らしいんです。警察は、愉快犯じゃないかなんて言ってましたが、まだ詳しいことはわかりません」

お婆さんたちの顔色が変わった。

「また不審火か。こないだもなかった？」

「あれじゃないの。噂の、『焚き火婆』」

「鶴ちゃん、怖いからその話やめてよ……」

口々にそんな言葉が聞こえてくる。「焚き火婆」の噂話、お婆さんたちも知ってるんだ。

吉田主任が続けた。

「それでですね、中の手紙が一部焼失してしまいました。いくつかは焦げた程度で済んだんですが、中には完全に灰になってしまったものもあり、宛先すら判別できない状態になっています。えー、つまり、もし当日の昼前にポストに投函されていましたら、その手紙が滅失してしまった可能性がありまして……」

お婆さんたちが口をつぐみ、考え込み始めた。みな、記憶をたどっているようだった。やがて亀山がほっとしたように息を吐いた。

「大丈夫。昨日は手紙を投函してない」

「私も、大丈夫」

後ろで鶴田、海老沢も声を揃えて言う。

「ああ、そうでしたか」

吉田主任の声色も和らぐ。

「それなら安心です。とにかくそういうわけでですね、近隣のお客様にはこうしてお詫びに回っている次第でして」

「大変だね。一軒一軒、二人で回ってるわけ？」

「そうです。この地域の配達を担当している花木が、どうしても一緒にお詫びしたいと言い出しまして」

そこで瞳子は一歩前に出て、帽子を取って元気よく頭を下げた。

「集配営業課の花木瞳子です。ご心配をおかけしてすみませんでした」

亀山が笑顔を見せた。

「あら、どこかで見た顔と思えば、あんたかい」

「はい、毎度お世話になっています！　昨日もありがとうございました」

「瞳子、お前、顔見知りなの？」

目を白黒させる吉田主任に、瞳子は答える。

「猫助で繋がってる仲ですよ。ね、亀山さん」

亀山もにやっと笑って頷いた。

「ああ、まあそうだね。猫の仲だ」

「どういうことかよくわからんが、お前ってすげえな……」

吉田主任に肘でつつかれながら、瞳子はもう一度頭を下げた。

「鶴田さん、海老沢さんも、すみません。ご迷惑おかけしました」

「ポストからの回収も、あんたがやってるの？」

亀山が聞く。瞳子は首を横に振った。

「いえ、私たちは配達だけです。ポストからの回収は、うちの郵便局では運送会社さんに委託していますので、担当は別になりますね。白いバンに〒マークがついた車が走ってますよね？　あの車が、回収してるんです」

「ああ、そうなの。じゃあ、ポストの火事はあなたが悪いわけじゃないでしょ」

「いいえ。皆様の手紙をきちんと届けるのが私の仕事です。誰かが心を込めて出した手紙が燃えてしまったとしたら、申し訳なくて。だからちゃんと、謝らせてください」

「へえ、真面目だね」

感心したように目を丸くするお婆さんたち。吉田主任が後を引き取る。

「本当に、このたびは申し訳ありませんでした。今後このようなことがないように注意いたしますので、どうぞ今後とも郵便局をよろしくお願いいたします」

「よろしくお願いいたします」

瞳子も吉田主任と一緒に礼をした。亀山は柔らかく微笑む。

「こちらこそ、よろしく」


「ふう。案外投函している人が少なくて、助かったな」

団地から大通りに出て、吉田主任が額の汗を拭った。以前より涼しくなってはきたものの、まだまだ日中の日差しは強い。二人は並木道の日陰に沿って、郵便局への道を歩く。

「そうですね。それにしても、誰がポストに火をつけたんでしょう」

「さあね。イタズラじゃないの？　ポストってあれ、ただ袋が入っているだけだからな。火のついた煙草でも放り込まれたら案外燃えちまう」

「イタズラで気軽にやったとしたら、許せませんね」

瞳子は眉間に皺を寄せた。吉田主任も頷いた。

「わりと重罪だからな。郵便法では五年以下の懲役か五十万円以下の罰金……だっけ。知らずにやってるんだろ、そんなことは」

「罪の重さの問題じゃないですよ。手紙を楽しみにしている人はたくさんいるのに、それを燃やそうとするなんて……」

唇を噛む。犯人はきっと知らないんだ、一通の手紙に込められた思いの大きさを。そのために私たちは毎日、頑張っているのに。自分の仕事を否定されたような気がして、瞳子は心中穏やかではない。

「まあなあ。あの婆さんたちも、そんな感じだったよな」

「そうですね。亀山さんの家で、見ました？」

「見たよ。壁、こーんな、びっしりだったたな」

吉田主任が両手を広げてみせる。瞳子も頭の中に思い浮かべた。ちらりと見えた白い壁、そのほとんど全面を使って、数十枚の便箋がマグネットで張りつけられていた。誰か大切な人からの手紙なのだろう。

「でも、もう少し綺麗に並べられないものかね。逆さまに飾ってあったり思いっきり傾いてたり、あれじゃごちゃごちゃして見えるぜ」

「整然と並んでても、それはそれで何か怖くないですか？」

「ああ……それもそうか……」

「でもヨッシー主任、私が見たかどうか聞いたのは、壁じゃなくて、顔ですよ」

「えっ、顔？」

「ポストが燃えたって聞いた時の亀山さんの顔。見ましたか？　青ざめて、まるで自分の身が危険にさらされているかのような……」

なるほどね、と吉田主任があごを撫(な)でた。

「彼女たちにとっちゃ、ある意味ライフラインなのかもしれないなあ」

じわじわと、蝉が鳴いている。

「早く犯人、見つかるといいですよね」

瞳子が言うと、吉田主任も頷いた。

「そうだなあ……まあ俺たちは、目の前の配達を頑張ろうや」

交差点を曲がると、立川東郵便局の大きなシルエットが見えてきた。

〒

途中で来客があったせいだろうか。

あれからお茶会はいまいち盛り上がらず、いつもより少し早く切り上げることになった。

「帰ったら昼寝でもしようかな……」

伸びをしながら玄関を出て行く海老沢。同じくのんびりとした動作で靴を履こうとする鶴田を、亀山は呼び止めた。

「あ、鶴ちゃん。ちょっといい？」

「ん？」

「また孫への手紙書くの、手伝ってくれない。どうにもね、見えなくてね。集中すれば集中するほど、かすんで……」

亀山は目の間を指で押さえてみせる。仕方ないとばかり、鶴田がため息をつく。

「老眼の辛さは私にもわかるからねえ。いいよ。しかし、みんな私に頼むねえ」

「鶴ちゃんは字もうまいし、うちらの中じゃ目も達者だから。先日、私もお礼状を代筆してもらったのよ」

海老沢がにんまり笑った。

「全くもう。今度からお金取ろうかな」

「ごめんね。代わりにデパート行くとき車出すから……」

「私もまた煮物、作りに行くよ」

海老沢と亀山から口々に言われ、鶴田はぺろりと舌を出した。

「ま、年を取ったら助け合いか。で、どうするの？　代筆、今からする？」

鶴田に聞かれ、亀山は思案した。

「明日の昼がいいかな。それまでに、どんな内容にするか考えておくよ」

「はいはい。じゃあ、また明日ね」

鶴田と海老沢が軽く手を上げ、老人特有のおぼつかない足取りで玄関の外に歩き出す。二人が出て行って扉が閉まると、室内は急に静かになった。

ふう。亀山は一つため息をして、扉の内鍵を閉める。

居間に戻ると、空っぽのティーカップがやけに寂しい。亀山は腕まくりをすると、片づけを始めた。皿を洗い、布巾で拭って棚にしまう。作業を淡々と続けながら、孫に送る手紙の内容を考える。頭の中だけで文面を作り上げていくのは結構大変で、何日もかかることもある。だが、亀山は決してこの時間が嫌いではなかった。

何を伝えるか、孫がどんな風に過ごしているか、色々と思いを巡らせるのは楽しかったし、せっかくだからその時間をよく噛みしめて味わいたかった。この間だけはテレビを消す。ただ情報が入っては抜けて行くだけの笊ではなくなり、自ら生み出す井戸になる。

悪くはない。こういうのも。


夜になると、亀山は余ったおかずと少しの米を小さな皿に入れ、ラップをかけて部屋を出る。階段を下り、ゆっくりと通りを歩く。

人気のない公園に入ると、あたりを慎重に見回した。

「お、来た来た」

一匹の痩せた黒猫が茂みから顔を出し、小走りに駆けてくる。最近では亀山の顔を見るなり、寄ってくるようになった。

「ほれ」

皿を地面に置き、ラップを取る。軽く上目遣いにこちらを見てから、餌にむしゃぶりつく猫。

「誰も取りゃしないから、落ち着いて食べな」

ぴちゃぴちゃと舐めとる音を聞きながら、亀山はベンチに座り、煙草をくわえる。そして百円ライターを取り出して、しばらくフリント・ホイールをぼんやりと見つめていた。

「こんばんは」

背後から声をかけられ、思わずびくっと震える。振り返ると、昼間の郵便配達人が私服姿で立っていた。私服と言っても上下ジャージで、あまりお洒落とは言えない。

「ああ、瞳子ちゃん」

「亀山さん。また猫助にご飯あげてるんですね」

ほーら、猫助ー、久しぶり。瞳子は声を上げながら、猫に走り寄る。そして抱き上げて頭をわしわしと撫でた。食事を邪魔された猫は、迷惑そうに瞳子を睨む。

郵便配達人の花木瞳子とは、もともと会えば挨拶をする程度の仲ではあった。よく話をするようになったのは、猫がきっかけ。二週間ほど前か、この黒猫に餌をやりに来たところ、ヤキトリを串から外して与えている瞳子と出くわしたのだ。

「隣、いいですかっ」

猫を解放すると、返事を待たずに瞳子はベンチに座る。軽く振動が伝わって来た。

「瞳子ちゃん、仕事は終わり?」

「はい。これから飲みに行こうと思ってるんですけど。せっかくなんで猫助の顔、見ていこうと」

　瞳子はコンビニの袋から紙パック飲料を一つ取り出し、突き刺したストローをくわえた。白い液体が、パックから口へと吸いこまれていく。

「それ、牛乳？」

「あ、いえ。飲むヨーグルトです。お酒の前に胃に入れとくと、翌日楽だそうですよ」

　ふうん。そっくりなパッケージだ。亀山は瞬きした。それから気を取り直し、ライターを点火する。小さいながらも炎が立ち上り、揺らめく。煙草に着火し、煙を吸い込んで吐いた。

「そうそう、燃えたの、あのポストですよ」

　瞳子が指し示す。公園の脇に立っているポスト。頭から青いビニールシートが被せられていた。その下半分は見えていたが、赤くて頑丈そうで、特に変わった様子は見られない。

「あんまりそんな風には見えないね」

「中の袋が焼けただけで済みましたから。内部を交換して、ペンキを塗り替えれば、すぐにまた使えるようになると班長が言ってました」

「ふーん」

　ぼんやりと亀山はポストを眺めた。丈夫なものだ。

「ねえ、亀山さん。また昔話、してくださいよ」

　瞳子が無邪気にせがんでくる。

「また？　やだよ」

「えー、でも亀山さんの話、面白いんですよ。ねえ、水商売で指名ナンバーワンになった話は、こないだ聞きました。その前は、どうだったんですか」

戯れで昔話をしてからというもの、毎回これだ。あまり人に言いたくない過去もあるのだが、瞳子は不思議と聞き方がうまく、つい亀山も口が滑ってしまう。そんな自分を危ういと思いながらも、亀山は言う。

「じゃあ少しだけだよ」

「やった！」

「ナンバーワンになる前はね、いや、なってからもかな、よくいじめられてたよ。店のみんなに」

ふーっと煙を吐く。

「え、そうなんですか？　亀山さんが？」

「そうさ。小さなイタズラ程度のものもあれば、私が田舎もんでわからないと思って、お金を騙し取ろうとする人もいたね。いい投資の話があるなんて言ってさ。小さな文字でいっぱいの契約書を持ってきて、あの手この手でサインさせようとするんだ。面倒くさくてサインしちゃって、三百万くらいの貯金があっという間になくなった」

「ひどい人ですね」

「綺麗だったけど、意地の悪い女だったね。性格って、文字に出るんだって学んだよ。あいつの文字は、ひどく汚かった。細かくて、鋭く尖っていて、みみっちくてさ」

「そうなんですね……」

瞳子はおもむろにマジックペンで手に何やら文字を書き、眺めている。自分の字が綺麗かどうか確認しているのだろうか。ぷっと吹き出し、それから亀山はため息をついた。

「ま、私も人のことは言えないんだけどね」

「え？」

煙草の灰をつついて落とす。

「私もそんなに、上等な人間じゃない。手ひどく騙された私がどうしたか、わかる？　騙す側に回ったのさ。ちょうど、私よりも世間知らずで、抜けてる女の子が入店してきてね。ナナミって言うんだけど、これが本当にバカでさ。しかもなんか、私に懐いてきたのね。これなら私でも騙せるって思って、似たような話を持ち掛けてみた。金を預ければ儲かるって」

「……どう、なったんですか？」

「通帳ごと全財産、渡してきた。増やしてもらえるなんて嬉しいですって、微塵も疑ってなかった。逆にこっちが戸惑ったよね」

「亀山さん、そのお金はどうしたんですか」

深く煙を吸い、また長い時間をかけて吐き出す。

「大半はありがたく使ったよ。利子だって言って少し戻すだけで、ナナミは喜んでた。その時はね、罪悪感なんてなかった。盗んだわけじゃないし、合法だと思ってた。これくらい貰う権利が、自分にはある。だって、それまで自分には何もなかったからねえ」

瞳子は黙り込んでいる。亀山は構わず話した。

「世の中ってのは、そういうものだと考えてたのさ。奪って、奪われて、それで回ってる。弱味を見せればつけ込まれるのは当たり前。他人の弱味を握ったら、つけ込まないと損。子供の頃から、そう思ってた。今思えば、愚かだったね」

「ということは、今は罪悪感があるんですか？」

瞳子はまっすぐな瞳で聞いてくる。

「……少なくとも、気持ちは変化したかな」

亀山はちびた煙草を地面に放り出すと、足で踏んで火を消す。それから吸殻を拾い上げ、空っぽになった皿にのせて手に持った。ベンチの下では満足したらしい猫が、ゴロゴロと喉を鳴らしている。

「煙草が終わったから、今日の話はこれで終わり」

「えー！　続きがすっごく気になるんですけど！」

「また今度ね。もう眠いから」

亀山は微笑むと、立ち上がる。瞳子もわかりました、と頷いた。

「じゃ、またね」

「はい！　亀山さんもお元気で！　飲み行ってきまーす」

紙パックを潰してビニール袋に叩き込み、瞳子は笑顔で言うと、自転車にまたがってこぎはじめた。みるみるうちに、その背中が遠ざかっていく。

「若いねえ」

思わず呟く。あまり話したくない話もしてしまうのは、どこか彼女を孫と重ね合わせているからかもしれない。あるいは、新しい孫ができたというべきか。

「でも、油断しちゃダメだ。ばれるわけにはいかないから。自分が普通の人間じゃないって」

気を引き締め、自分に言い聞かせる。そして、家に向かって歩き出した。

帰宅してカーテンを閉めていると、窓の向こうで何かが揺らめいた。

ずっと遠くのビルの陰から、大きなお月様にに手を伸ばすかのように、煙が一条立ち上っている。

消防車のサイレンの音が、風に乗って聞こえてきた。

〒

律君へ
お返事ありがとう。爽やかな内容に、心が洗われたよ。
と言うのもね、この年齢になると、私たちは誰かを踏みにじって生きていることに気づくんだ。自分より下の人間を作って、そいつの頭を言葉で踏みつけて、やっと水面に浮かび上がって息ができる。律君にはまだそんな感覚はないだろうね。それは若いからだよ。まだ人生のスタートライン付近にいるから、誰にでも平等に希望が与えられているから、そうなんだよ。

ゴール間際まで走ってくると、景色が変わってしまう。歴然とした差がつくからね。幸せな家族を持っている者、独り身の者、家族がいても連絡一つもらえない者。お金持ち、貧乏人、社会的な地位のある者、何一つ得られなかった者、訪ねてくる友達のいる者、訪ねて行かねば誰にも会えない者。

現実が足元から這(は)い上がり、少しずつ認識の水位が上がっていく。口元までくれば呼吸が苦しくなり、誰かを踏み台にしなければ息すらできなくなってしまうんだ。

それでもお茶会は続く。どうしてか、わかるかい？　お茶会できる友達がいるということ自体がまた、他人に対しての防波堤になるからだよ。何だか打算ばかり、みたいな話になってしまったねえ、嫌だねえ。

説教がしたいわけじゃないんだ。

律君のおかげで救われていると、伝えたくてね。

あんたは私にとって誇りだし、唯一の希望。

いいかい、若いうちに精いっぱい、やりたいことをやっておくといいよ。私のようにならないようにね。大丈夫だと思っているけれど。

じゃあ、くれぐれも体には気を付けて過ごすんだよ。返事は、無理しないように。本当に暇な時でいいんだからね。じゃあ、元気でね。

律君のおばあちゃんより

〒

眠い。

寝ぼけ眼をこすりながら、朝の立川で瞳子は自転車をこいでいた。

やっぱり昨日、飲みすぎた。飲むヨーグルトなんかじゃ、効き目ないみたい。立川東郵便局の裏手から入り、駐輪場に愛車を止める。本当は自分のバイクがほしいのだが、経済的な問題から当分はママチャリだ。

「おう瞳子」

そこで、のそのそと歩いてくる吉田主任と出くわした。

「おはようございます、ヨッシー主任」

「おはよう……って、何だよその恰好！」

朝から騒々しい人だなあ。不機嫌を隠さずに瞳子は答えた。

「何ですか。今日は別に普通でしょう」

吉田主任はいつだって瞳子のファッションにケチをつける。やれ「Mサイズ」のシールがくっついたままだとか、学校の体育ジャージで出勤するなとか、穴の開いたズボンはやめろだとか。瞳子からすると鬱陶しい限りである。

「普通のポロシャツに普通のジーパン。タグも取ってあるし、変な文言がプリントされているわけでもないし、下着だってちゃんと着てますからね」

どうだ、と言わんばかりに襟をつまんで引っ張ってみせる。

「違うよ、よく見ろ！　そのシャツ、表裏逆じゃねえか」

「……あ」

「それから米粒！　ほっぺの下。お前なあ、出て来る前に鏡くらい見ろよ」

呆れたように吉田主任がため息をつく。反撃したかったが返す言葉もない。瞳子はぶすくれたまま、黙って米粒を爪の先で引っ掻いた。ぽろぽろと五粒ほどが落ちる。案外たくさんついていた。雀が嬉しそうに飛んできて、つまんでいる。

「何もさ、今時っぽくお洒落して来いとは言わんよ。だけどな、少しは他人の目を気にした方がいいんじゃないのか、女性として」

「……ヨッシー主任に関係ないじゃないですか」

「俺はな、兄貴分として心配してやってんだよ」

「余計なお世話です」

ちょっと乱暴に自転車に鍵をかけると、籠(かご)から荷物を取り出してドサッと肩にかける。その動作はさながら柔道部員か何かだ。

「瞳子、つかぬことを聞くがな……」

「はい？」

「お前、恋したことあるの？」

思わず階段ですっ転びそうになる。

「な、何でそんなこと聞くんですか」

「だって他人の目を気にする究極の状態が、恋だろ。お前ってそういうのが欠落してるような気がしてさ」

「それは……」

頬を膨らませてみたものの、自分でも確かに、と思った。瞳子が今睨みつけている吉田主任だって、妻子持ちである。少なくとも一度は結婚にこぎつけるだけの大恋愛をしたわけだ。吉田主任のくせにである。

「……恋ってよくわからないんですよね。なんか、ピンと来なくて」

ため息と一緒に正直な気持ちが出た。

「水野は？　あいつとはなんかいい感じだったろ」

「ミズノンはいい人ですよ。一緒にいて楽しいです」

「じゃあ付き合えばいいんじゃないか」

「どうしてそうなるんですか？」

「なんだよ、照れるなよ」

照れてなんていない。

本当にわからないのだ。水野のことは信頼しているし、大切だ。だけどそれが恋かというと、違うと思う。

瞳子だってバカではない。人並みに知識はある。告白して、手をつないで、頬を赤らめながら夜の道を歩いたりして、プレゼントをして、見つめあってキスをして……なんかそんな感じのアレになる。

メールの返事が来なければ不安になり、偶然顔を合わせれば心臓が飛び跳ねる。不安定で、でも嬉しくて、もどかしい。恋。興味がないわけじゃない。

でも、水野とそうなりたいかというと、違うのだ。

「ミズノンとは今のまま、一緒にお酒飲んだり、おしゃべりする仲のままでいいんですよ。それで十分じゃないですか」

「そこから発展したいとは思わないの？」

「別に、思わないし……想像もできないんですよね。それに、何か……それで今の関係が変になっちゃったら、嫌ですし……」

水野と手をつないでいる自分なんて、考えただけで吹き出しそうになる。変なのだ。そうなっている自分が、そうなっている二人が。

男の子と仲良くなっていけば、階段を上るように自然と恋愛感情が生まれ、恋愛関係になっていくのだと、昔は思っていた。漫画や小説ではいつもそうだったから。でも、現実はどうやら違うらしい。瞳子の階段はいつも途中で途切れてしまう。突き落とされることはないけれど、ずっと踊り場のまま。見上げると現実味がないくらい、ずっと天上に恋という階層はある。

「まさか朝からこんな会話するとは思いませんでしたよ。恥ずかしいなあ、もう」

そう言って頭を掻く瞳子を、吉田主任がまじまじと見つめている。

「……何ですか」

「ひょっとしてお前って、恋愛に興味ないわけじゃなくて……ものすごく恥ずかしがり屋、ってだけじゃないのか？」

「ちっ」

違う。

そう言おうとしたが、自分の顔がみるみるうちに赤く染まっていくのがわかった。なぜだ。言い当てられたと、自分でも感じているのだろうか？

「違います！」

そんなわけない。これはあくまで、的外れなことを言われたから腹が立っているだけ。

もう、いやだ。ほっといてほしい。

「私更衣室行くんで、これで」

瞳子はそう言い放つとぷいっと横を向き、吉田主任を置いてずかずかと歩き出した。

制服に着替えた配達人たちが、ハイテンションな放送に合わせてオフィス内で運動する。恒例の郵便体操の最中も、瞳子は何となく落ち着かなかった。

この居心地の悪さ、久しぶりに思い出した。

小学校の四年生くらいからだったろうか。それまで仲が良かった女の子たちと、話が合わなくなり始めた。お洒落とか、アクセサリとか、好きな人とか、瞳子にとってあまり興味のない話題が増え、ドッジボールとか、アニメとか、ゲームの話題が減った。

もともと女の子はどちらかといえば苦手だった。一年生の時に父親を亡くしていることもあり、何かと気を使われてしまうのだ。何も考えず泥まみれになってボールを追いかけまわす、男の子と遊ぶほうがずっと気楽だった。低学年のうちはみんな一緒に遊んでいたのだが、学年が上がるにつれて休み時間に校庭に飛び出していく女の子は一人、また一人と減り、とうとう瞳子だけになってしまった。

そしていつの間にか、瞳子は何かに出遅れたのだ。

「右よーーーーーし！」

「右よーーーーーーし！」

「左よーーーーーーーし！」

「左よーーーーーーーーし！」

郵便体操が終われば、エアーバイクが行われる。バイクに乗った真似をしながら、前後左右の確認動作を声を出しながら練習する。

「前方よーし」

いつもは大声を張り上げる瞳子も、今日はいまいち気が乗らない。みんなの前で見本役をやっている吉田主任が、こちらをちらりと見た。

どうして恋だの愛だのって、みんな言うんだろう。

中学生になってしばらくすると、明らかにクラスの雰囲気が変化し始めた。何も考えていないはずだった男子たちがいつの間にかエッチな本を回し読みするようになり、クラス内でカップルができても冷やかされず、むしろ羨望のまなざしが向けられるようになる。女子は化粧をし始め、体の形がはっきり変わってしまい、やがてスカートの長さや髪型をめぐって議論が交わされるようになる。男子は見上げるほどに大きくなって、声が太くなり、かっこいいけれど少し怖くなってしまった。

居場所がなかったわけではない。相変わらず放課後にサッカーをする男友達はいたし、一緒におしゃべりをする女友達もいた。はしゃいで、遊んで、楽しい学生生活。だけど、だけど……。

何かが、みんなについていけないままだった。

恋バナ。憧れの先輩。可愛い後輩。告白、ラブレター、修学旅行でカップル成立……。それらは違う世界での出来事のように、現実味がなかった。高校生になれば私にもそういうスイッチが入るのだろうか。高校三年生になれば。夏になれば。クリスマス前になれば。卒業間際になれば……。

そして、何も変わらないまま今に至る。

このまま私、おばあちゃんになるのかもしれない。

「花木君」

エアーバイクが終わってすぐ、丸々と太ったお腹を揺らしながら、星川班長が話しかけてきた。

「あ。はい、免許証チェックですよね」

いけない、ぼーっとしてた。慌てて財布から免許証を取り出すと、星川班長が首を横に振った。

「ああうん。それもあるけど、ちょっと話があってね」

「はい？」

「花木君は、配達人になって何年になる？」

ええと……瞳子は一本、二本と指を折りながら確かめる。

「三年です」

「うん。じゃあ、任せてもいいかな」

「何の話ですか」

「今度ね、うちの班に新人が来るんだよ。その教育係を花木君にお願いしようかなって」

「え。私がですか？」

瞳子は自らを指さして聞いた。それからあたりを見回してみる。どう見ても星川班長の目はこちらに向けられているし、他の誰かと間違えている様子もない。

「でも、もっとベテランの方がうちの班には……」

「うん、僕も誰を教育係にしようか迷ってたんだけど、人を教えることで上達する、というのもあるからね。それに花木君はずっとうちの班では最年少だったでしょう？　後輩を教えるのはいい経験になると思うんだよ。いつ見られてもいい、お手本にならなきゃいけないわけだからね」

　いつ見られてもいいように。その言葉に既視感を覚え、横の席の吉田主任を見る。二重顎をこちらに向け、吉田主任がウィンクした。

　ぬぬ。さては吉田主任、星川班長に入れ知恵したな。

「どうだい、やってくれるかな」

　あくまで柔らかく、しかし静かに押し包むような迫力で星川班長が言った。

「……はい」

　何となく釈然としないものを感じながらも、瞳子は頷いた。


「周防律と申します。出身は新潟で、趣味は空手です。どうぞよろしくお願いします！」

　みんなの前ではきはきと言って、深々と頭を下げた新人は、くりっと丸く透き通った目が印象に残る青年だった。空手が趣味と言うだけあり、背は低いものの筋肉質だ。しっかりとした肩幅はやっぱり男の子だなあと思わせる。つんつん尖った頭は、いやらしくない程度にお洒落だった。

「周防君。これから君には石神町四丁目の配達を担当してもらうよ。花木君に教育係をお願いしたから、わからないことは何でも彼女に聞くように」

星川班長が瞳子を紹介すると、周防はもう一度頭を下げて言った。

「まだわからないことばかりなので、どうぞご指導お願いします、花木先輩」

「うん。えっと、よろしくね」

周防がまっすぐに瞳子の目を見る。ちょうど同じくらいの高さで視線が合った。

「はい！　頑張ります！」

白い歯を見せて笑う周防。すごく爽やかな人だ。

前にもこんなことがあった。そうだ、年賀バイトだ。水野が初めてバイトとしてやってきたとき、瞳子の地域を担当するということで挨拶をしたのだった。

あの時のミズノンの印象は最悪だったなあ……。

「周防君は、道順組み立てを、やらせてもらいました」

「はい。研修はもう終わってるんだよね？」

「じゃあ、さっそく四丁目の分を一緒にやってみようか」

「はい、先輩！」

先輩かあ。呼ばれるたびにちょっと嬉しく、むず痒くなる。周防を連れ、担当区画の郵便物を受け取りに事務室の奥へと向かう。

「先輩。この箱に入ってる手紙を、配達順に並べなおすんですよね」

「そうだよ。四丁目はこれだから……よいしょっと」

「あ、先輩！　そんなの俺がやりますよ」

郵便物でいっぱいの箱をいつものように持ち上げようとした瞳子を、周防が制止した。

「え？　でも、大丈夫？」

周防はおかしそうに笑った。

「何言ってるんですか、大丈夫ですって！　はい、どいてください」

さっと手が差し出され、瞳子から箱を奪い取る。

「ええと、じゃあこっちに運んでもらえるかな……」

「わかりました」

瞳子は何度も周防を振り返りながら、机に向かう。小柄な周防が大きな箱を持っていると、その上半身がほとんど隠れてしまう。無理に運ばせているみたいで、何だか落ち着かない。

「おう瞳子、さっそく先輩風吹かせてんのか。偉くなったなあ」

通りすがりに吉田主任がニヤッと笑って言う。

「ちょっと、そういうわけじゃ……」

反論しようとした瞳子の後ろから周防の声がした。

「いいんです、花木さんは先輩なんですから。いやそれ以前に、女性が重いもの持っちゃだめだと思いますよ。ね」

吉田主任が目を丸くする。

「おおー。瞳子が、女性ねえ」

ふふん。悪い気はしない。

「ヨッシー主任、聞きましたか。私だって、女性なんですよーだ」

「今初めて知ったよ」

憎まれ口を残しながら去っていく吉田主任。もう、と憤慨しかけた時、周防が思わぬことを口走った。

「先輩が綺麗だから、みんなからかいたくなるんですよね、きっと」

「えっ」

どきりとして、後ろを振り返る。周防はにこにこしていた。お世辞を言っているわけでもなければ、ふざけているわけでもないらしい。

「ちょ、ちょっと待って、私が？」

「？　すごく綺麗ですよ。この部署は男ばっかりかと思ってたんで、こんな人がいるなんてびっくりしましたもん」

きょとんとする周防。

この人、そういうことさらっと言えちゃう人なんだ。

「ちょっと、えっと、やめて！　恥ずかしいから、そういうのやめてって。ほ、ほら早く運ぼう、急ぐよっ」

顔が真っ赤になっていくのを感じる。

こんな時どう対応したらいいのか、わからない。新しいパターンだ。吉田主任のようにからかってくれた方がまだ、やりやすいのに。

何とか誤魔化そうと、瞳子は俯き、速足で区分机へと向かった。

「はい、先輩。あそこの机の上でいいんですよね」

「う、うん」

「このあたりでいいですか」

瞳子と違い、周防は落ち着いたものだ。自分一人が空回っている。瞳子はますます赤くなり、変な汗が額を流れた。

〒

「あ、おはよう。亀ちゃん」

「ああ、おはよう」

亀山が朝のゴミ出しを終えて階段を上ろうとした時、ちょうど鶴田が降りてきた。手には大きめのゴミ袋をぶら下げている。

「今日は過ごしやすい日になりそうねえ」

鶴田はそんなことを言いながら、カラス除けの青いネットの下にビニール袋を放り込む。

それからタバコを取り出して、くわえた。

「あ、一本頂戴」

「ん、いいよ」

亀山は一本受け取り、ライターを取り出して、自分のタバコに着火した。それからライターを鶴田に渡し、フィルター越しに朝の空気を胸いっぱいに吸いこむ。

「……何だか最近、あまりタバコも美味しくないのよね」

苦笑しながら鶴田がライターを返してきた。

「人から貰っておいてそういうこと言う？　でも、わかるかも。つい、癖で吸ってるだけでさ」

そんなことを話していると、箒とちり取りを持った海老沢が裏からやってきた。くちゃくちゃと口を動かしている。いつものように、チューインガムを噛んでいるのだろう。手を上げ、鶴田が挨拶した。

「おはよう、海老ちゃん」

「あ。おはよう……亀ちゃん、鶴ちゃん」

「いつも掃除、お疲れ様」

「ううん。掃除、好きだから。あ、吸殻捨てるならこっちに入れていいよ」

海老沢はにっこり笑い、ちり取りからビニール袋に雑多なゴミを移す。空き缶、紙屑、落ち葉……海老沢は毎日掃除しているのに、このあたりには毎日新しいゴミが落ちている。

「あ、大丈夫。ありがとう」

鶴田は携帯灰皿に灰を落とす。海老沢は一つ頷き、ビニール袋の口を縛ってとめた。そして、ちり取りと箒を掃除用具入れに丁寧な手つきでしまう。

「今日のお茶会、どうしよっか。昨日は亀ちゃんの家だったから……」

「そうねえ。たまには、海老ちゃんの家でも……」

　鶴田の視線が海老沢に向かう。海老沢は、慌てて両手を振って拒絶した。

「う、うちは無理だよ。散らかってて、人様をお迎えできるような状態じゃないから」

「海老ちゃん、いつもそう言うよね。まあいいや。じゃ、うちでやろうか。ちょっといい洋菓子、見つけたのよ」

「へえ、楽しみ！　鶴ちゃんの舌は信頼できるからなあ」

　鶴田はまあね、と頷いた。

「じゃあ、またあとでね」

　海老沢も楽しみなのだろう、にこにこと階段を上っていった。鶴田が言う。

「それにしても私たち、代わり映えしない毎日送ってるね」

「まあね。でも平和でいいじゃない」

「確かに」

　そして、二人でひっひっと笑った。

　そう、これでいい。変わってもらっちゃ困る。平和で、何事もなく。それが一番面倒がなくてよい。亀山は心の中でそう思った。

〒

律君へ

お返事ありがとう。元気そうで、私も嬉しいよ。

最近、うちの界隈では不審火が多い。小学生が「焚き火婆」だなんて、噂話をしているのを聞いたよ。正体不明の犯罪者には、決まって妖怪みたいな仇名がつく。そして最初に言い出すのは、子供たちだ。

ところで、ちょっと気になることがあるんだよ。

律君は知らないだろうけど、昔、「炎の魔女」ってのがいたの。おとぎ話じゃないよ。もう二十年くらい前かね、ある地方都市で、不審火が続いたんだ。「炎の魔女」はその犯人についた仇名でね。中年女が放火していたのを見た、なんて目撃情報があったらしいんだけど、結局犯人は捕まらず、ある時からぱたっと消え失せてしまった。週刊誌で何度か扱われていたのを覚えてる。放火の手口が、最後まで不明だったんだよ。それはもう、魔法のように痕跡がなかったらしい。

なんか、符号しないかい。

「炎の魔女」が、二十年経って「焚き火婆」になったとも言えなくないかい。地方都市の捜査の手から逃れ、ここ立川に身を隠して。ほとぼりが冷めるまで大人しくしていたけれど、今、また何かを焼こうとしているとは。考えすぎだろうか。

年を取ると、余計なところにまで頭が回るものだね。それでいて、肝心なことは忘れてしまうから困りもの。

今日、団地の一階に蝸牛がいたよ。ぴったり張り付いたまま、動かなかった。先週もそこにいたんだよね。ずっといるんだよ。死んでるのかね？　梅雨時にどっさりいた蝸牛は、どこに行ったんだろう。あいつらの生命力には驚かされたよ。簡単に上がってきては、ベランダの鉢植えを這ってるんだからね。

　昨日も三人でお茶会だった。本当に面倒くさいものだ。一人で家事をしている方が気楽だよ。久しぶりによく晴れて、洗濯物がすっきり乾いたことだけが嬉しいね。うちにはよくお日様が差し込むからね。さすがに五時くらいになると、日陰になってしまうけれど、十分だよ。さて、少ないけどまたお金を送っておくよ、小遣いにしなさいな。

律君のおばあちゃんより

〒

「モッチー。とりビー」

おでん屋「さなえ」の暖簾（のれん）をひょいとくぐり、瞳子はカウンターにどっかと座った。

厨房でおでんを煮ている持丸雄二（もちまるゆうじ）が、眉間にしわを寄せる。

「……完全におっさんだな」

「だってとりあえずビールって言うの、めんどくさいよ」

「たまには可愛く、ノンアルコールビールくらいにしといたらどうだ」

「あはは、絶対いや。中途半端にお酒っぽい味がして、苦手なの。あ、ビールは二つでお願いします！」

棚からジョッキを取り出したところで、持丸は瞳子の後ろに立っている人間に気が付いたようだった。

「お、連れか?」

「わあ、俺こういう店来るの初めてです! さすが先輩、大人ですね。かっこいいなあ」

少年、と言うには少し大きいが、それでもおっさんとは明らかに違う属性。周防律が、目をキラキラ輝かせながら、あちこちを見回している。

「うん、紹介するよ! 今度うちの班に新しく入った周防君。高校を卒業したばかりなんだって」

「お前は知り合った人間は誰でも、とりあえずうちの店に連れてくるんだなあ。ありがたいけどよ」

「聞いて。私、周防君の教育係になったんだよ。上司ってわけ!」

ほおそりゃすごい、と持丸は口をすぼめる。

「ちゃんと色々教えてやれよ?」

「もちろんだよ。今日はみっちり、手紙の区分の練習したもんね。明日からはいよいよ一緒に配達するよ。あ、周防君、こっちは店主のモッチー。昔は班長で、私の上司だったの」

「わあ、じゃあ大先輩ですね。周防律です、よろしくお願いします!」

周防はノースリーブのフード付きジャケットを脱いで一礼した。Tシャツのど真ん中には恐竜の絵がプリントされている。

「おう、よろしくな。新人かあ、爽やかでいいな……誰かと違って」

「うん。そうだよね……不愛想な誰かと違って」

瞳子と持丸は頷き合う。ふと、厨房の奥で野菜を刻んでいた音が止まり、不愛想そのものという顔がにゅっと飛び出した。

「不愛想って誰のことスか」

水野宗一（そういち）だ。真っ白の三角巾の下で、半開きの釣り目がまるでガンでもつけるようにこちらに向けられている。不機嫌そうな顔でガラスの器を運んでくると、案外優しい所作でカウンターに置いた。

瞳子は思わず目を丸くした。

中には美しく花形にくりぬかれた漬物が並んでいる。ニンジン、キュウリ、カボチャ、ナス……。

「わあ、綺麗！　ミズノン、また腕上がったんじゃない？」

「さあ、どうスかね」

「ほら、すごい。このカボチャ、向こうが透けて見えるよ。こんなの見たことない！」

いただきます。

薄切りのカボチャを箸（はし）でつまみ、瞳子は口に放り込んだ。パリッと小気味いい音とともに、糠（ぬか）の香りとカボチャの甘みが舌の上に広がっていく。ほろほろ崩れる皮の感触が楽しい。

「おーいしーい！」

満面の笑みを浮かべる瞳子の前で、水野が顔を歪(ゆが)めた。鼻の上に変な皺ができている。持丸がにやりと歯を見せる。

「それ、水野が仕込みから全部やってるんだぜ」

「へえ、すごいね、ミズノン！　暖簾分けしてもらえる日も近いね」

「大したことないスよ」

水野は睨みつけるような形相ながら、頬のあたりを少し赤らめて口をもごもごさせた。

「妙な顔してないで、嬉しいなら嬉しいって言えばいいんだよ。素直じゃねえなあ」

「別に嬉しくないス」

憮然(ぶぜん)として持丸に言い返しながら、水野は周防の前にも漬物の器を置いた。

「あなたが水野さんですよね。先輩から聞いてます、前に年賀バイトしてたって。周防です、これからよろしくお願いします！」

にこにこしながら言う周防に、水野はぼそりと告げた。

「……はあ、どうも」

そしてすぐにくるりと背を向け、厨房の奥へと戻っていった。

ミズノンは相変わらずだなあ。瞳子は横の周防を見たが、別に気を悪くした様子もなかった。それどころか嬉しそうに笑って、ジョッキを傾けている。

「いやあ、いっぱい友達が増えて、嬉しいです！　こっちに来たばっかりで俺、寂しかったんですよね。先輩、連れてきてくれてありがとうございます」

口の端に泡をつけて言う周防。ここまで喜んでもらえると、瞳子も嬉しい。

「そういえば周防君、新潟出身だって言ってたけど」

「あ、はい。新発田（しばた）ってとこにいました」

「どうして立川東郵便局に来たの？」

「そうですね、やっぱり郵便局員って安定してそうだし、手紙を届けるのって人の役に立つ仕事だなー、と前から思ってまして」

「あ、いやそうじゃなくてさ。どうして地元の郵便局に就職しなかったのかなって」

「あー。それは……その」

周防は頭に手をやってしばし考え込んだが、瞳子の目を見つめると口を開いた。

「先輩になら、言ってもいいかな。これ、秘密でお願いしたいんですけど」

「えっ、何？」

瞳子は思わずあたりを見回す。他の客はいない。聞かれる心配はなさそうだ。周防がそっと顔を近づけた。

「実は俺、会いたい人がいて、立川に来たんです」

「え。周防君ってまさか、ストーカー……」

眉をひそめる瞳子の前で、周防は必死に手を振って否定した。

「ち、違いますよ！　会いたいってのは、俺の、ばあちゃんです。立川に住んでるんです。おそらく」

「おそらくって？」

　ショルダーバックを開き、手帳に挟まれた手紙を周防は取り出す。年配の方が使いそうな、地味ながらも品のある和紙製の封筒。宛先と差出人の印刷されたシールが張られている。宛先には新潟県の住所とともに周防律の名前があった。差出人の住所を見て、瞳子は思わず目を丸くする。

『東京都立川市灯町二丁目一四―三　立川東郵便局留　律君のおばあちゃん　より』

「えっ、何これ、局留めじゃん？」

　宛先に郵便局の住所を書き、局留と記載すると、その手紙は郵便局に留め置かれる。本人が郵便局まで行って、受け取る仕組みだ。やり取りをする際、自分の住所を知られたくない場合などに使われる。

「それに、差出人の名前もない……『律君のおばあちゃん』だけって」

「そうなんですよ。この郵便局の近辺に住んでいるだろうことしかわからないし、名前も知らないんですよ。立川のおばあさんのうち、誰が俺のおばあちゃんなんでしょうね」

「ご両親に聞いてみたら？」

「それが無理なんです。俺、小さいころに両親が離婚してまして、母親に育てられたんですよ。父方の祖父母とは、完全に絶縁状態。母親は父親の関係者については全員顔も見たくない、思い出したくもないという有様で、名前を聞くのも憚られるんです」

「あっ……そうなんだ」

「でも俺自身は、ばあちゃんのことは嫌いじゃなかったようで。もう記憶も朧ですが、ずいぶん懐いてたらしいんですよ。酒飲んで暴れてばかりの父親は大嫌いでしたけど。そのためか、俺が中学生になった時かな、ばあちゃんから突然手紙が来たんです。進級祝いにと、かなりの大金が入ってました」

周防は封筒をひらひらさせながら続ける。

「返信は不要だと、書かれていました。局留めにして、名前を隠したのもそのためでしょう。でも俺、どうしてもお礼を伝えたくて、返事を出したんです」

「どうやって出したの？　本名がわからないと、局留めでも届かないでしょう？」

「それが、届いたんですよ。『立川東郵便局留　律君のおばあちゃん　様』宛で出した手紙が、届いた。その証拠に、返事が来たんです。内容は、俺の手紙を受け取っていなければ書けないものでした」

「えー……そんなことあるのかな？　ねえ、モッチー」

今料理してるのに話しかけるなよ、とばかり持丸は顔をしかめたが、すぐに教えてくれた。

「受取人が特定できれば、受け取れることもあるぜ」

「特定するためには、宛先に本名が明記された上で、受取人が身分証明書を見せないとダメでしょ」

「ルール上はそうだけど、現場ではそうとは限らない。たとえば自分が出した手紙のコピーを取っておくだろ。コピーを持って窓口に行って、『孫に手紙を出したんです。この通り、こういう差出人名で出したんですけど、その返事が局留めで届いているかもしれないので、見てもらえませんか』とでも言えば、受け取れるんじゃねえかな」

「そうなの？」

「窓口の人の性格にもよるけどな、融通を利かせてくれる人だったら大丈夫だ。普通に考えて、そこまで条件が一致していたら、成りすましを疑うのも難しいからな。もちろん現金書留なんかだと慎重になるはずだが、封書くらいならできると思うぞ」

「実際、できたんでしょうね。それから同じやり方で、俺とばあちゃんは文通してきたわけですから。母親に隠れて、ずっと。今もです」

「中学生から、今までずっとかあ……」

「俺、最初にお金をもらった時、お礼と一緒にばあちゃんに聞いたんです。どうして、ここまでしてくれるのかと。あまりに大金だったので」

ことん、と周防はジョッキを置く。

「そうしたら、その返事がですね。たった一言。『お前の父親や、お前への償いだよ。私にできるのは、これくらいしかないから』と。それ以上は聞いても教えてもらえない。でも、定期的にお金は送られてきて」

しばらく沈黙が続いた。

「……どういうこと？」

瞳子が聞く。周防は首を横に振った。

「俺にも、わからないんです。母親への償いだって言うなら、まだわかるんですよ。親父の暴力でひどい目にあっていたのは、いつだって母親でしたからね。なぜあの、暴力親父、いや、親父だなんて認めたくもない……あのどうしようもないダメ男に、ばあちゃんが償いをするのかがわからない」

持丸も顎に手を当てて考え込む。

「親父さんと、連絡は取ってるのか？」

「いえ。もう縁、切ってますから。どこで何してるのかもわかりません」

「昔、何かあったのかな。おばあさんに聞いてみるしかないよね」

「何度も聞きました。でも手紙では、はぐらかされて教えてもらえないんです。だから高校も卒業間近になった時、会いに行きたいと手紙に書いたんですが……断られました」

「どうして？」

「今更合わせる顔がないし、会ってもいいことはない、と言うんです。俺も押したんですが、ダメだの一点張りなんですよね。一度言い出したら頑固な人で。でも俺……どうしても会いたかったんです。言葉の真意を確かめたかったし、この歳になって改めて会って、色々話してみたかった。そうしたらたまたま立川の郵便局で配達人の募集告知が出てたので、縁を感じて応募してみたら、合格しちゃったと、まあそういうわけです」

「ちょっと周防君、念のために言っとくけど、だめだからね。郵便局員の立場をプライベートなことに利用したら。これは、先輩命令」

瞳子はくぎを刺す。周防は一瞬目を逸らしてから、答えた。

「わかってます。ただ……俺、立川で就職決まったって手紙に書いたら、ばあちゃんも観念して、会う気になってくれるかなって。それくらいの気持ちです」

「なるほどね。で、おばあさんはなんて？」

そこで周防の口が止まった。俯いて透明のジョッキを見つめる。

「実はまだ、報告できてないんですよね」

「どうして？　そのためにこっちに出てきたのに」

「そうなんですけど。怖いじゃないですか。そこまでしてもダメだって言われたら、どうしたらいいのかわからない。逆に驚かせてしまって、ますます態度を硬化させてしまうかもしれないし。だから、まだ手紙に書けないんです。就職したことだけ報告して、どこにいるのかは、まだ。どうやって切り出そうかなって、悩んでます」

「ふーむ……」

周防の子犬のような丸い目が、少し寂しそうに見えた。瞳子は叫ぶ。

「モッチー！　ビール追加、あとスペシャルおでん盛り合わせを周防君に」

あいよ、と持丸の返事を聞きつつ、周防が瞳子の裾を引く。

「せ、先輩。スペシャルは二千五百円って、あそこに書いてありますけど……」

「いいのいいの。私のおごり。気持ち、わかるよ周防君。おばあちゃんに会えるといいね」

瞳子はぽんぽん、と周防の肩を叩いた。

「ちょっと、瞳子と周防って境遇似てるとこあるよな」

おでんを皿に盛り付けながら、持丸が何気なく言う。周防が目を丸くする。

「えっ？　そうなんですか」

「あ、いや。余計なこと言ったかな……」

「ううん。あのね周防君、私もお父さんを早く亡くしてて、お母さんに育ててもらったの」

「そうだったんですか」

「おじいちゃんやおばあちゃんも遠くに住んでたから、よく文通する仲だったしね。二人も、少し前に亡くなったけれど」

「へー。何だか、急に親近感湧いてきました」

「あはは。まあ、飲もうよ」

瞳子が差し出したジョッキに、周防がかちんとジョッキを当てる。示し合わせたかのような、息の合った仕草だった。

ややあって、洗面器ほどの大きさの器に豪華絢爛（けんらん）な具が山と盛られた、おでん盛り合わせが運ばれてきた。

「あー、飲んだ食べた、もうお腹いっぱい！」

空になった皿の前で、瞳子はぷはあと息を吐き、カウンターに突っ伏した。

「俺ももう食えないです……」

周防も腹を押さえて目をしばたたかせる。

「しかしお前ら、よく食ったなあ……スペシャルなんて出したの一年ぶりだぞ」

呆れた顔で持丸が会計をする。

「おいしかったけど、もう入らない……」

「明日も仕事だろ。気をつけて帰れよ」

「うん。周防君、じゃあ行こうか」

「はい。ご馳走様でした、先輩。俺、明日からも頑張ります！」

元気よくそう言って、周防が先に店を出ていく。瞳子も顔をパンと叩いて、立ち上がった。

周防君、ねえ。持丸が顎髭をいじりながら呟く。

「おい瞳子、珍しいじゃないか。お前が人に変なあだ名つけないの」

「え？　そうかな」

「ミズノンとかモッチーとか、いつも会って五分くらいで名付けてるだろ」

うーん、確かに。瞳子は首をひねる。

「周防君ってなんかあだ名、つけづらいんだよね……」

「語呂の問題か？」

「ううん。なんか、ほら。年下で、それも教育係なんて初めてだから。何だか調子が狂っちゃう」

「へえ、知らなかった。お前って年配の人と距離縮めるのはうまいけど、年下は苦手なのか。

確かに郵便局は、お前より年上の人ばかりだったもんな」

「周防君すごくいい子だから、時々どう答えたらいいのかわからなくなっちゃうんだよね。まだミズノンみたいな人の方がやりやすい」

「その割には、意気投合して見えたけどな。カップルみたいだったぞ」

「ちょっと、からかわないでよ……」

がっはっはと大声で笑う持丸。厨房の奥から、水野が洗い物をしながら横目でこちらを眺めていた。


「あ。先輩、大丈夫ですか？」

おでん屋「さなえ」を出ると、電信柱の陰で待っていた周防が、ぴょこんと立ち上がって手を振ってきた。

「ごめん、お待たせ。あー、すっかり夜になっちゃったね。ああ、お酒飲んだから暑い、暑い」

胸元を広げて手で仰ぐ瞳子を、やや気まずそうに周防が見つめている。

「あ。ごめん。びっくりしたでしょ、こんなおっさんみたいな先輩で」

ははは、と笑う瞳子。周防は首を横に振ると真剣な顔で言った。

「先輩はすごく優しいし、仕事も早くて、尊敬してます」

「えっ……あ、ありがと……」

ぅう。顔が赤くなってしまう。そんなに真正面から言われても、困る。

「じゃあその、また明日ね」

よろよろと自転車のカギを外し、籠に鞄を放り込む。

「おっと」

「大丈夫ですか?」

がしゃんと大きな音。よろめいて、自転車を倒してしまった。

「あはは。ちょっと酔っぱらっちゃったみたい。大丈夫、大丈夫」

自転車を起こす。周防が手伝ってくれた。ありがと、と礼を言い、押して歩こうとすると、横から手が差し出された。

「帰り道一緒ですよね。俺、途中まで送りますよ」

「え。でも悪いよ」

「何言ってるんですか。先輩、女性なんですから。遠慮しないでください、ほら、押すのも俺に任せて」

周防がハンドルをそっと奪うと、代わりに自転車を押してくれた。恐縮する瞳子の前に、ぐいと周防が歩み出る。何だろうと思ってすぐに気が付く、周防は自ら車道側に出て、瞳子をかばうように歩いてくれているのだ。眩く輝くヘッドライトをつけたトラックが、周防の横を通り過ぎて行った。

しばらく、どちらも何も言わなかった。

涼しい風が吹き抜ける。草むらからは鈴虫の鳴く声がする。空は満天の星空。秋の夜の静けさに耐えかねて、瞳子は声を発した。

「周防君って優しいね」

「普通ですよ」

「うーん……私、あんまりこういう扱い受けたことなかったからさ」

しばらく黙り込んでから、周防が答える。

「……先輩は、おっさんじゃないと思いますよ」

「え？」

横を歩く周防の顔は暗くてよく見えなかったが、つんつん頭のシルエットが揺れていた。

「みんな、先輩をおっさん扱いしすぎですよ。ちょっとどうなのかなって、俺は思いました」

「いやあ、でも私、実際身だしなみとかも気にしないし……」

「それは、先輩が女性扱いされてないからですよ」

どきりとする。周防の声は比較的高い方だったが、しかしそのきっぱりとした言い方には男性を感じた。

「女の人って、大切にされるから綺麗になって、女性になっていくんです。今の先輩は……優しいから、おっさんだらけの職場に自ら合わせてるんだと思いますよ」

大仰にでもなく、かといって冗談めかしてでもなく、周防は淡々と言う。

「大切にされるって、そんな、私なんかが……」

恥ずかしくなり、瞳子は意味もなくズボンの生地をいじった。その時ふと肩が妙に軽いことに気が付いて声を上げる。

「あ！　鞄、持ってない。忘れてきちゃった！　どうしよう」

周防が自分の肩を指し示す。

「えっ、今頃気が付いたんですか？　ちゃんとここにありますよ」

「あ……」

その肩には周防のショルダーバッグと、瞳子の鞄とが一緒にかかっていた。持ってくれていたのだ。おそらく、自転車が倒れた時に籠から飛び出したそれを、拾ってくれたのだろう。

「あ、ありがとう……も、持つよ私」

「いえいえ、道が分かれるところまでは、俺に持たせてください。荷物持つのなんて、男なら当たり前じゃないですか」

「そうかな……私、されたことないけど」

「だから、瞳子さんの周りの男が手を抜いてるんです」

「でも私に、そんな価値ないから……」

「違いますよ。単純に、みんな見る目がないんです」

何を言っても、周防はうまく包み込んで、瞳子を持ち上げてしまう。だんだんよくわからなくなってきた。どうして私は、必死に彼に言い返しているんだろう。何がそんなに恥ずかしいんだろう。素直に喜べばいいのに、それができない。

やがてT字路に行き着いた。

「俺、こっちなんで。瞳子さんは右ですよね。一人で大丈夫ですか？　家まで送ってもいいですけど」

「うん……大丈夫。ありがとね」

頷くと、周防が自転車を瞳子に受け渡す。籠にそっと鞄もしまってくれた。

「じゃあ、気を付けて帰ってくださいね。今日は本当にありがとうございました。明日もよろしくお願いします」

「うん。また明日」

周防がニコッと笑った。

「先輩。自分のことおっさんなんて言わないでください。もったいないですよ」

周防はそれでは、と手を上げると、点滅を始めた歩行者用信号を見て、軽快に走り去っていく。

何を言う暇もなかった。何を言ったらいいのかもわからなかったが。

周防の後ろ姿を見つめながら、瞳子は胸の奥のむず痒い思いをどう扱ったものか困惑していた。

何これ。調子狂う。

三

いつものように亀山が公園のベンチでぼんやりと煙草をくゆらせていると、ちりんちりんと音がした。足元で猫がひょっと耳を立てて警戒したが、すぐに安心したようにゴロゴロ鳴き始める。亀山も振り返り、ほっと息をついた。

「なんだ瞳子ちゃんか。猫助が驚いているよ」

「あはは。亀山さんも猫助って呼び始めましたね」

「あんたがしょっちゅう繰り返してるから、頭に焼き付いちまったよ。こんな夜中にどうしたの」

「亀山さんこそ」

瞳子は手で押していた自転車を公園の入り口に止め、籠から鞄とビニール袋を取り出してこっちにやってきた。やや、酒臭い。

「私はただ、暇を潰しているだけだよ」

「私も、亀山さんの昔話聞いて、暇を潰したいです」

「また？　面倒だから、やだよ」

「あ、じゃあ私が話します。ちょっと今日、色々あって……」

瞳子はのろのろと歩くと、ぺたんとお尻をつけて隣に座り、一人で話し始めた。亀山は足元にじゃれついてくる猫を感じながら、黙ってそれを聞いた。

「……ふうん。なんか素直な後輩ねえ」

「はい。だから私、困っちゃって」

　ビニール袋の中から、瞳子は食べ物を取り出して齧った。唐揚げか何かを串に刺したもの。チーズが挟まれたパン。ここに来る前にも居酒屋にいたらしいのに、よく食べる子だ。あまり悩み事があるようには見えない。

「彼、嫌味がないんですよね。それに、おばあちゃん想いで。母子家庭で苦労してるとか、何となく似ているところもあって。応援したくなりました」

「ふうん」

「亀山さんは、どう思います？」

「どうって。まあ、いいんじゃない。応援してあげれば」

「そう、ですよね……」

　亀山は俯いて言い放つ。

「いいねえ。あんたたちは」

「えっ？」

「母子家庭くらいで、苦労だなんて言えてさ」

　私のような人間とは違う、綺麗な人たちの話だ。気づかれないように、ため息をつく。

「どういうことですか」

　ひょい、と瞳子が首を傾げる。亀山の嫌味に気分を害した様子はなかった。その代わりに、大きな目が心の奥を探るようにこちらを覗き込んでいる。

「私には家庭なんてないんだ。祖母も知らなければ、母親の顔も思い出せない。過去とぷっつり断裂して存在している、それが私」

「え？　母親の顔もですか」

「どちらかと言えば、思い出したくない、が近いか。私はね、避妊(ひにん)の失敗で産まれたんだってさ。父親に至っては、本当に全く知らない。最初からいなかったからね。母親にはよく言われたよ。『あなたはいらない人間だ』って。他にはほとんど会話した記憶がない。アパートの同じ部屋に住んではいたけれど、あれは家族じゃなかった。あいつは、私をゴキブリだと思ってた。時々部屋のゴミを漁って食べていく、ゴキブリ。叩き殺したり、追い出すのは面倒だけど、見ると嫌悪感が湧く」

亀山は苦笑した。結局、自分の昔話をしてしまっている。瞳子と話していると、いつも向こうのペースに乗せられてしまう。

「とにかくさ、私に比べりゃあんたたちは恵まれている方だよ。入園チケットを、持っているんだから」

「入園チケット？」

「人生というテーマパークの入口は、母親なんだ。その母親に否定されるということは、入園チケットを持っていないということ。誰もが正当な権利を持って入園しているのに、私だけは手違いで入ってしまった。これがどういうことかわかるかい。乗り物には乗れず、売店で何かを買うこともできない、そんな遊園地だよ。園内はね、チケットを持っていない人間の存在を、想定して作られていない。みんなが楽しそうにしている中、私はただ、うろうろと歩き回るだけ。もちろん表向きには笑って、チケットを持っている振りをして。疎外感。それがずっと付きまとう人生」

「……」

「結局、母親は最後まで私にチケットをくれなかった。正規の券はもちろん、ちょっとした愛情すらもよこしはしなかった。私もとっくに諦め、十五歳で家出して以来、会っていない」

「……それで、年齢を偽ってクラブで働くことになったんですか」

「ああ、前に話したね。そうだよ、一人で生きていくしかなかったから」

「そうだったんですね……」

「私からすれば、その後輩も、あんたも、恵まれてるよ。甘いよ。私が一人でもがいているのとは全く別の、美しい世界。重なり合うけれど、質的には全く異なる場所」

　私がいつも憧れてきた場所。時折、手が届くと思ったこともあった。しかし結局叶わず、諦めた場所。

　瞳子は目を伏せて俯いている。しばらく亀山が煙草の煙を夜風にのせる、微かな気配だけが続いた。

「……おにぎり、食べますか」

　何を思ったか、瞳子がビニール袋からコンビニおにぎりを取り出した。

「はあ？」

「せめて、何かしたくて。鮭と梅と昆布があります。どれでもどうぞ」

ふざけているのかと思ったが、瞳子は真剣な顔だった。変な奴。一周回っておかしくなり、亀山は噴き出す。

「どれがどれだかわからないね。どれでもいいよ」

適当に一つ取り、掌(てのひら)の上でぽんと軽く投げてキャッチする。

二人で黙々とビニールを取り、海苔をまいて、おにぎりをほおばった。亀山が取ったのは梅だった。最近の梅干しは甘くなったなあ、そんなことを思う。

「亀山さん、苦労されたんですね。こないだはすごく悪い話をしていてびっくりしましたが、今日、また印象が変わりました」

瞳子がぼそりと言う。

「長く生きていれば、みんなそれなりの苦労があるものさ。私だけじゃない」

「そんなものですか」

「そんなものさ」

猫助が、にゃおんと鳴いて瞳子の足元に巻き付く。

「お前にも、何か苦労があるのかなあ……」

わしわしと猫助を撫でる音を聞きながら、亀山は空を見た。

やけに遠くの星まで見える夜だった。

〒

「……これでよし、と」

鶴田が万年筆を置き、老眼鏡をくいと上げた。横で覗き込んでいた亀山に便箋の束を差し出す。

「どう？　これで大丈夫？」

亀山は便箋を受け取り、隅から隅まで眺め始める。時折うんうんと頷きながら二枚目、三枚目と確認し、にっこりと笑った。

「ありがとう。いつもながら上手なもんだね」

「そうかな？　まあ、他でもない亀ちゃんのためだからね、私なりに張り切って書いたよ」

「助かるよ、ほんと」

インクが乾ききっているのを確認してから、そっと亀山は便箋をたたんだ。それから大切に封筒に収める。

「お孫さん喜んでくれるといいね」

「うん。あ、お礼として、これ持ってきた」

鞄を開き、タッパーを取り出した。布巾で包まれた大きめのタッパー。中でちゃぷんと黄金色の液体が揺れ、甘酸っぱい香りがあたりに漏れ出る。

「また作ったから、良かったら。いつものお礼に」

「ああ、レモンのショウガ煮！」

　鶴田が嬉しそうに手を合わせ、受け取る。

「これ、効くのよねえ。ありがとう！　ちょうどなくなりそうだったから、助かる」

「簡単だよ。いい材料を使って、のんびり煮るだけ」

「いいや、亀ちゃんのコレは特別だよ。私もマネして作ってみたけど、どうも同じようにできないのよねえ。それにしても、それぞれ別々の特技があっていいね。亀ちゃんはレモンのショウガ煮を作って、私は手紙の代筆、海老ちゃんには車の運転、してもらう」

「ああ、そうね」

「最近は全然運転しなくなっちゃったな。もう怖くてできない。そのうち免許、返納しようかと思ってる。亀ちゃんは？　まだ免許、更新続けてるの？」

「いや……」

　亀山は曖昧に否定した。運転免許なんて、持ってもいない。取るわけにもいかない。不用意に警察署に行ったらどうなるか、わかったもんじゃない……そんなことを鶴田に感づかれるわけにはいかないので、何とか話題を逸らそうとする。

「でもさ、海老ちゃんは全然運転が衰えないのがすごいよ」

　やや不自然な返しに、鶴田は一瞬片眉を上げた。だがすぐに、応じてくれる。

「昔、かなりの飛ばし屋だったって噂よ」

「はは、どおりで」

鶴田がポットからほうじ茶を注ぐ。湯呑の中でこぽこぽと音がする。

「そういえば亀ちゃん、昨日近くで火事があったの知ってる?」

「え、また?　ついこないだ、ポストが燃えたばかりだけど」

深刻そうな顔で鶴田が続ける。

「今度はバイクが燃えたみたい。郵便バイクだって。あれってなんか、赤いボックスついてるでしょ?　手紙が入ってるんだと思うけれど。そこに何か変なもの放り込まれて、燃えちゃったんだって」

「それって手紙、大丈夫なの」

「どうなんだろ、少し焦げたりはしたんじゃない?　でも、郵便物に被害があった場合は、こないだみたいに局員さんが謝りに来てくれるんじゃないの。うちには来てないし、亀ちゃんの家も来なかったのなら、私たち宛ての手紙はなかったってことだと思う」

「……そう」

「『焚き火婆』って、本当にいるのかな」

独り言のように呟いて、鶴田が湯呑を傾ける。

「そんな妖怪みたいなの、いるわけないさ」

必死に笑ってみせる。

「でも噂では広まってるよ。この近くに、犯罪者がいるってことだよ」

「考えすぎだと思うけどね、私は」

亀山は努めて冷静を装って否定する。が、心の奥では動揺が走っていた。久しぶりに感じる、追われる恐怖。自分が追い詰められ、排斥される恐ろしさ。鶴田の目をのぞき込む。こちらに疑いの目を向けていないか、確かめる。

眼鏡の奥の細い目からは何を考えているのか、何を思って亀山にその話題を振ったのか、読み取ることはできない。

しばらくの間、気まずい沈黙だけが続いた。

突如、インターホンが鳴った。

席を立って受話器を取る鶴田。来客の声は亀山にも聞こえた。

「掃除が終わって暇だから来ちゃった。ちょっと早いかな……」

言葉の合間に、くちゃくちゃと音がする。チューインガムを噛んでいるらしい。

「海老ちゃんだ」

「今日もいつも通り、お茶会ってわけか」

空気が弛緩する。いいタイミングで来てくれた。亀山はほっと息を吐いた。

〒

赤く四角かったはずのボックスは蠟燭のようにどろりと溶解し、あちこちにぶつぶつの発泡痕や、どす黒い焦げ目がついている。

「こんな風に燃えるんだ……」

瞳子と同じ班の川島が、唇を震わせながら言った。駐輪場に声が反響して消えていく。事故のあったバイクを取り囲み、班員たちはみな深刻な顔をしている。中でも瞳子は、気が気ではなかった。

「ヨッシー主任は、いや、あの、吉田主任は、本当に大丈夫なんですよね」

もう一度、念のために確認した。星川班長は何度でも答えてくれる。

「うん。幸いボヤですんだからね。ちょっとお尻が焦げたらしいけれど、ケガはなかったって」

「本当ですよね。大丈夫ですよね」

「うん。病院にも、僕が無理やり行かせたんだよ。本人は平気だと言ってた。今日は念のため休みを取ってもらったけど、明日にはやってくると思うから、本人に直接聞きなよ」

「はい……」

瞳子はじっとバイクを見つめる。ホンダ郵政カブ、MD110。瞳子が乗っている旧型のMD90よりも顔つきがスマートで、鋭角的なデザインだ。バイクの方にはほとんど延焼せず、主に焼けたのは後ろに積んだボックスだった。火に気が付くのが早かったらしい。ポストに手紙を放り込み、道に停めたバイクに戻ったところで、変な臭いに気が付いたとのことだけど。

もし、エンジンの方まで火が行っていたら。もし、走行中だったら……。

大事故に繋がっていたかもしれない。考えると胸の奥がきゅっと縮むようだ。吉田主任がしい。

瞳子をからかう時の、にやにやした顔が思い浮かんだ。今日ばかりは、あの憎まれ口が懐か

　星川班長の背後で、背の低い男がごほんと咳払いした。

「ああ、そうそう。それでね」

　慌てて振り返り、星川班長は二人の男を紹介し始める。

「こちらは刑事さんたちだ。放火について調べるにあたり、君たちにも話を聞くことがある
かもしれないけど、その時はよろしくね」

「立川署の太伊（ふとい）です」

　背が低く、ダルマのように顔も体もいかつい男が、不愛想に言った。

「同じく細井です」

　ひょろ長く痩せ、メガネをかけた男が微笑みながら頭を下げた。

「あ……こんにちは」

　見覚えのある刑事たちに瞳子は頭を下げる。

「放火の捜査も、されるんですね」

「あ、いえ。たまたま人手不足なもので、火災犯の方を応援してまして……」

　細井の方が愛想良く話し出したが、太伊に「余計な話はするな」と小突かれ、黙り込んだ。

「お知り合いですか」

　横で周防が、首をかしげて瞳子に聞く。

「えっと、ちょっとね」

瞳子は曖昧に答えた。一緒に殺人犯と戦った仲だとは、さすがに言えない。

「みんなも心配だと思うけど、まだ調べないとならないことだらけだから、何かわかったら連絡するね。それから配達中は、十分に気をつけて。じゃあ、今日も仕事、頑張っていこう」

星川班長がそう言って、朝礼は終わった。

〒

律君へ
少しずつ寒くなってきたね。最近は焼き芋屋がうちの前を行ったり来たりしているよ。一本五百円で少し高いんだけど、買ってみると美味しいもんだね。

さて、何度も言うようだけど、会うことはできないよ。これまで通り手紙だけでやり取りするのが、お互いのために良い。若者は、老人のことなど気にせず、自分の人生をまい進するべきだよ。

私はもうバスを降りたんだよ。わかるかい。

世界は知らないところで、いつのまにか進んでいる。新しい概念が生まれ、新しい道具が生まれ、新しい言葉が生まれている。少しでも出遅れたら、もうおしまいなんだ。追いかけようとしたって、流行は目まぐるしく変わり、新製品が出ては消え、新語はあっという間に死語になっていく。

これ以上新しいものはいらない、そう思ったのはいつのことだったかね。

変化よりも安定が好きになり、ポップをつけて売られている新製法のヨーグルトよりも、十年前から変わらない味のヨーグルトの方が魅力的に思えるようになる。

同時に、世界は私を置き去りにしていくんだ。

私の祖母も、電気ポットの方が便利だと何度言っても、頑なに薬缶（やかん）を使い続けていたよ。まだ使えるものを捨てたくないのかと思ったけれど、そうじゃなかった。だってね、薬缶が壊れたら、新しい薬缶を買うんだよ。妄執に近いものを感じたね。これだから年寄りは困る、そう思ったよ。

今ならわかる。目まぐるしく変わる景色は人を疲れさせる。いつか、バスを降りて自分の歩幅で歩きたくなる時が来るんだ。

そして一度降りたバスに、人は一生追いつけない。

律君はまだバスに乗っているのだから、まだしばらくの間乗り続けるのだから、降りた人のことを考えなくてもいいんだよ。私はね、律君が元気で楽しく生きていてくれるだけで十分なんだ、時々こうしてお手紙もらえるだけで、幸せなんだ。

じゃあ、くれぐれも体には気を付けて過ごすんだよ。返事は、無理しないように。またお金を送っておくので、好きに使いなさい。じゃあ、元気でね。

律君のおばあちゃんより

何度か読み返した手紙だったが、一字一句丁寧に周防は目を通した。それから慎重に折り目に沿って畳み、封筒へと便箋を戻す。貼られた印刷シールには、いつものように『東京都立川市灯町二丁目一四—三　立川東郵便局留　律君のおばあちゃん　より』とある。

ばあちゃん。いよいよ今日から、俺も配達をすることになったよ。

周防は心の中で、手紙に向かって呼びかける。

ひょっとしたら、町のどこかですれ違うかもしれないね。

周防は一つ息を吐き、封筒を内ポケットにしまった。

未だに祖母は、会うことを許してくれない。どうしてだろう。

周防をまだ、子供扱いしているのだろうか。祖母は昔の姿しか知らないのだから、無理もないかもしれない。

だけど俺は、もう立派な大人になったのだ。きちんと就職したし、空手だって習って強くなった。一人前の男だ。

周防は知らず知らず、拳を握っていた。

俺は必ず、幸せな家族を作ってみせる。ばあちゃんがいて、母さんがいて、子供も大人もみんな笑い合う、そういう家を俺は作るんだ。あいつと同じ間違いはしない。するもんか。

自分の手を見てしばし考え込む。道場に通う前は細く、華奢（きゃしゃ）だった腕も、今ではずいぶん太くなった。戦う勇気が身に付き、技を覚え、自信を持った。

今なら酒に酔ったあいつが母さんをぶとうとしても、守ることができるのに。あの時の何もできなかった俺とは、もう違う……。

手の甲に血管が浮き出る。周防は一つ息を吐き、封筒を内ポケットにしまった。それから腕時計を見る。あまり長く便所にいるわけにもいかない。蓋を閉じたままの便座から立ち上がり、個室から出ようとしてふと振り返り、バーを倒した。

大きな音とともに水が渦を巻き、みるみるうちに便器の奥へと吸い込まれていった。

〒

「さあて周防君。準備はいい？」

郵便局の駐車場、郵便バイクの並んだ一画で、瞳子は郵便物の詰まった赤いボックスを見下ろし、背後の周防を振り返った。

「はい、先輩」

そこには配達人の制服に身を包んだ周防がいる。傍らにはバイクがあり、瞳子のバイクと同じようにボックスが積まれている。

「今日はヨッシー主任がいないから、忙しくなるよ。周防君にも、さっさと配達をマスターしてもらうからね、いいねっ」

「はい！」

「うん。じゃあ、私についてきて。石神町四丁目は今後周防君に担当してもらう予定だから、しっかり道や、家の特徴とか覚えるようにしてね」

「はい！　よろしくお願いします」

うんうん、いい感じ。私、先輩っぽい。瞳子は一人満足しながらヘルメットをかぶった。周防もヘルメットをかぶってバイクにまたがったが、ふと首を傾げると、ハンドルをおそるおそるいじった。

「どうしたの？　運転は、研修でやってるよね」

「先輩。このスイッチ、何ですか？」

周防が指差したのはグリップの付け根あたりにある小さなスイッチだった。瞳子はバイクを降り、周防のすぐそばにまで近づいて覗き込む。周防の鼻の前を、瞳子の顔が通り過ぎる。

「ああ、これはグリップヒーター。スイッチ入れると暖かくなるの。かじかんできてから入れても遅いから、それより前に入れておくといいよ」

「ああ、なるほど……」

周防が、まじまじとこちらを見ている。瞳子は聞いた。

「どうしたの？」

「あ、いえ。先輩、何か今日、雰囲気違います？」

かっと瞳子の顔が熱くなる。頬がほてり、喉の奥がきゅうと鳴る。

「べ、別に何も……」

「あ、わかった！　お化粧してますね。眉のところ少し」

ぽんと手を打ち、明るい声で周防が言う。

「ち、違うよ！」

「え？　してますよね」

「してるけど、それは、違うんだから。たまたま今日、間違えたっていうか……もう、別にそんなの、どうでもいいでしょ！」

瞳子は叫ぶと、きょとんとしている周防に素早く背を向けた。それから胸に手を当てて、落ち着け落ち着けと言い聞かせる。心臓がどくんどくんと鳴っていた。

おっさんだらけの職場に合わせているって、周防君が言うから。大切にされるから女性らしくなっていくって、そんなこと周防君が言うから……朝、迷った末にちょっとだけ化粧をしてきてしまった。

高校生になった時に母親に買ってもらって以来、ほとんど触ってもいない化粧ポーチを開き、記憶を頼りに道具を取り出した。勇気を振り絞り、ほんの少しだけ眉を書いてみた。髪もブラシで整えて、服も裏返しでないかチェックした。出かける前に鏡に向かい合ってみたら、何だかすごく照れくさくなってしまったので、慌てて飛び出した。

周防君だけだよ、気づいたの。

朝、少なからずどきどきしていたら、すぐに川島に話しかけられた。化粧について何か言われるのかと思ったら、バイクの火事があったという話だった。浮かれていた自分が恥ずかしくて、朝礼の間中、自己嫌悪していた。

吉田主任も休みだった。化粧にどう反応するか少し気になっていたのだが、それどころではなくなってしまい、もやもやする。どうせ、気づかなかったと思うけど。

そんな時、不意に周防君に指摘されてしまった。

「ほら、早く行くよ。遅れずについてきてね」

瞳子はぶっきらぼうに言い、バイクにまたがるとすぐに発進させた。やや遅れて周防がついてくる。出口で一時停止し、ついでに軽く背後を見る。

周防は別に機嫌を損ねた様子もなかった。瞳子と目が合うと、にこっと笑って言った。

「似合ってますよ。これからもずっと、その方がいいと思います」

またも顔が赤くなりそうになる。

知らない。

瞳子は聞こえなかった振りをして、前を向いた。それからぐいとアクセルを入れ、いつものように大通りの方へとバイクを走らせた。

〒

「あと、この手紙を」

立川東郵便局の窓口で、亀山は封筒を差し出した。中には、鶴田に協力してもらって作った、孫への手紙が入っている。

「はい。確かにお預かりしました」

「よろしくね」

これでよし。ほっと息を吐いて入口の方へと踵を返すと、海老沢に出くわした。

「あ、亀ちゃん……」

「あ、偶然。どうしたの？」

「ちょっと、郵便物の受け取りに。亀ちゃんは？」

「手紙出しに来ただけ」

海老沢が目を丸くした。

「わざわざ手紙出すのに窓口まで来たの？　ポストじゃだめなの」

「ポストだと、ちゃんと回収されるかどうか、不安でさ」

「いや、ちゃんと回収されると思うけど……わざわざ並んだの」

「まあ……そうだね。念のため」

「そうか。お孫さんへの手紙ってこと？」

「うん」

「なるほど、用心深いのね。でも、最近は変な火事も多いし、その方が確実だね。やっぱり頭がいい人は違うなあ。私のお姉ちゃんも、そうだったものね、同じだね」

「あんたのお姉ちゃんになった覚えはないって」

「ふふ。それにしても、今日はやけに混んでるね」

海老沢は曲がった腰をぽんぽんと叩きながら、出口へと歩き始める。自動ドアの前で、はたと立ち止まった。

「あれ、鶴ちゃん……」

「おや、海老ちゃんと亀ちゃんじゃない。偶然」

鞄に財布を仕舞いながら、鶴田がメガネの位置を直す。

「どうしたの、鶴ちゃんまで」

「今日は十五日でしょ。年金、下ろしに」

「ああ、そうか！」

ぽんと手を打つ海老沢。亀山も頷いた。道理で貯金関係の窓口とATMに、長蛇の列ができているわけだ。

「ねえ亀ちゃん、私たちも下ろしていかない？　通帳、持ってるよね」

海老沢の提案にまた、どきりとする。できるだけ動揺を見せないように注意しながら、亀山は首を横に振った。

「私はもう、こないだ下ろしちゃったし」

「こないだ下ろした？　そんなはずないでしょ、今日が振込日なんだから」

「あ、そうじゃなくて。私、振込日じゃない日に下ろしてるんだよ」

きょとんとした顔で海老沢がこちらを見る。鶴田も不思議そうに眼をぱちくりさせていた。まずかっただろうか。不審に思われただろうか……亀山は内心不安だったが、やがて鶴田が微笑んだ。

「ああ、そういうこと。振込日にすぐに下ろすような生活じゃないって話ね。余裕があって羨ましい」

「はは、まあね。海老ちゃんが下ろすなら、待ってるけど」

「ううん、私は大丈夫。せっかく鶴ちゃんとも会えたわけだし、このまま三人でお茶会、行こうよ」

「ん？　あ、まあ、そうだね。そうしようか」

鶴田が頷き、三人は歩き始めた。

話題が逸れてくれて助かった。ほっとしつつ、亀山は二人と一緒に郵便局を出る。三人の脇を、配達のバイクが二台、駆け抜けていくのが見えた。

〒

周防律はワンルームのアパートの扉を開け、倒れ込むように室内に入った。

疲れた……。

今日はあくまで瞳子の後を追い、配達の順路を覚えたり、コツを掴むことに終始した。それだけなのに、こんなに疲れるとは。配達は案外体力勝負だ。

重いボックスを担いでバランスを取り、何度も降りたり乗ったりしながら、ポストに向かって走る。住所の上では隣同士でも、片方は五十段も階段を上らないといけないポストもあるし、お洒落なデザインではあるが、どこをどうやれば開くのか、そもそもどこが投函口なのか、さっぱりわからないポストもある。それでも迅速に、正確に郵便を届けなくてはならない。というか、そうしなくては終わらない。

これからは集合住宅でもちゃんと表札を書こう。もし犬を飼うことになったなら、きちんと鎖をつけておこう……。

周防はふらふらと立ち上がり、服を脱いでシャワーを浴びた。体のあちこちがずきずき痛む。筋肉痛だ。たった一日でこれじゃ、先が思いやられる。

薬局で買ってきた安い湿布薬を取り出し、体中に適当に張った。気持ちはよかったが、少し寒い。

それからお米を研いで炊飯器にセット。炊けるまでの間、机に向かう。

配達は体だけでなく、頭も使う。瞳子には十分に復習しておくようにと言われていた。

立川市の地図を広げ、道を確認する。地図の通り配達するだけなのだが、簡単ではない。地図と違って現地には傾斜もあるし、障害物もある。目を閉じて、今日通った道を思い出してみた。

あそこの交差点を左に入って、犬のいる家のところで曲がり、白い屋根の手前で停め、アパートに配達。そこから公園まではまっすぐで、突き当りを右……。

頭が混乱してくる。

先輩の瞳子は、一切の迷いなく道をたどり、配達していた。同姓同名の人や、間違えやすい名前の人がどこに住んでいるかも把握していて、誤配しないよう細心の注意を払いながらだ。

やっぱり、どんな仕事でも、プロは凄い。簡単に真似できるもんじゃない。

一日目にして、周防は配達の難しさに圧倒されていた。慣れだと瞳子は言っていたが、とてもあんな風に配達できるイメージが湧かない。ため息が出た。

「頑張らなきゃなあ」

周防は頭を掻き、もう一度地図に向かい合った。

地図の上で道順を追ってもう一度立川東郵便局に戻ってきたところで、ふと思い出す。配達中、三人のおばあさんとすれ違った。ちょうど郵便局の入り口から出てくるところで、仲良さそうに連れ立って歩いていた……。

周防は素早くメモ用紙を取り、そこに単語をいくつか書き連ねた。郵便局、午後一時前後、仲のいい三人組、向かって行った先は立川第一団地……。

周防は本棚の上に置いた箱のふたを開く。中にはたくさんの封筒が入っている。すべて、祖母からの手紙だ。あれは確か、三通くらい前の手紙だった。あった、これだ。

取り出した手紙を開いて一部を読む。


今日、団地の一階に蝸牛がいたよ。ぴったり張り付いたまま、動かなかった。先週もそこにいたんだよね。ずっといるんだよ。死んでるのかね？　梅雨時にどっさりいた蝸牛は、どこに行ったんだろう。あいつらの生命力には驚かされたよ。簡単に上がってきては、ベランダの鉢植えを這ってるんだからね。

昨日も三人でお茶会だった。本当に面倒くさいものだ。一人で家事をしている方が気楽だよ。久しぶりによく晴れて、洗濯物がすっきり乾いたことだけが嬉しいね。うちにはよくお日様が差し込むからね。さすがに五時くらいになると、日陰になってしまうけれど、十分だよ。

周防は一人、頷いた。

住所を伏せていても、手紙の端々にヒントはある。団地の一階に蝸牛がいて、ベランダの鉢植えを這っている。集合住宅に住んでいる可能性が高い。よく三人でお茶会、ともある。すれ違った老人たちは、三人組だった。

周防はさらに地図に目を走らせた。立川第一団地は、ほとんどの棟が南向き。さぞ、朝から日光が良く差し込むことだろう。一方立川第二団地、立川第三団地は、日当たりよりも利便性優先で建てられている。横に高層マンションもあり、さほど日当たりは良いとは言えない。

最近は焼き芋屋がうちの前を行ったり来たりしているよ。一本五百円で少し高いんだけど、買ってみると美味しいもんだね。

周防は別のメモを取り出す。実際に焼き芋屋を追いかけ、経路を地図に記したものだ。一本三百五十円の焼き芋屋はあちこち回っているが、一本五百円の焼き芋屋は八百屋が本業のついでにやっているらしい。規則的なその経路を目で追うと、立川第一団地の南側がぴったり重なっていた。

さらに立川第一団地から歩いて五分ほどのところに、神社があるのを見つけた。立川諏訪大社、とある。こないだ来た手紙の一文を思い出す。


無事に就職が決まって何よりだよ。大丈夫だとは思っていたけれど、それでも嬉しいね。みんなに自慢したいのをぐっとこらえて、諏訪大神様だけには報告してきたよ。


ばあちゃんは、立川第一団地に住んでいるのかもしれない。さて、あの三人の中にばあちゃんがいる可能性は……どうだろう。

三人の顔ぶれを思い出す。痩せたメガネの女性。白髪で、太った女性。それから腰の曲がった、小柄な女性。

立ち上がり、鏡を覗き込む。祖母は少なからず周防に顔つきが似ているはずだ。あるいは、父親と似ているかもしれない……。そこで周防は目を閉じ、イメージを振り払った。あの男の顔を思い出したくない。

いつもの鍛錬でもしよう。周防は足を軽く開いて立ち、空を見つめた。

「ふっ」

吐息と共に拳を突き出した。正拳突き。腰を入れた突きが周防の視線の先、空を切った。丹田で練りあげた力を十分に乗せた、素振りながらも手応えのある突き。まともに当たれば、大人でもただでは済まないだろう。

はっと息を呑む。頭の中で嫌な光景が思い浮かんだ。

力いっぱいに突き出された拳。まともに鼻に受け、吹っ飛ぶ母親。襖に突っ込み、振動が響き渡り、横の食器棚から茶碗が転げ落ちる。仁王立ちし、母親を見下ろしているのはあいつだ。

目は大きく、眉は綺麗な半月を描いている。年齢よりも若く見える、幼い顔。周防の父。また仕事を首になったと、言っていたような気がする。しかし実際、理由などどうでもいいのだ。とにかく父は食事中だろうが、みんなでテレビを見て笑っている最中だろうが、唐突に激高しては母を殴る人間だった。

父親は無表情で、茶碗を取って振り上げる。母親は鼻血をだらだら流しながらも、投げつけられたそれを肩で受け止める。内容のほとんどが聞き取れない、甲高い罵声(ばせい)が飛ぶ。

周防は震えている。部屋の隅で座り込んだまま、動くことができずに震えている。目の前で己の母親が傷つけられているというのに、止めたいのに、どうしても体が動かない。隣に座っている姉も同じだ。

涙を拭い、歯を食いしばり、周防は両の足に必死に力を込めた。これ以上あいつを刺激すると、本能が告げている。それでも精一杯抗(あらが)って、立とうとした。その時母親と目が合った。強い眼差しで、母親が首を横に振る。

だめ。あなたは隠れてなさい。

子供ながらに愕然とした。あの怒り狂う父に立ち向かわなくて済んだ安堵。母を生贄にした罪悪感。そして……悔しさ。どうして俺はこんなに弱いんだろう、どうして俺は母さんすら守れないんだろう、どうして俺は頼ってもらえないんだろう、どうして俺は。悔しくて悲しくて、まだ小さくて柔らかい己の拳の無力さに、震えた。

……強くなったのに。

あの時の自分が嫌だったから、俺は変わった。就職もして、一人前になった。母親は離婚し、父親と離れて新潟に引っ越した。暴力を受け続けたためか、母親は片方の足を引きずるようになってしまったが、昔よりもずっと明るく笑うようになった。姉も就職し、今度恋人を家に連れてくるらしい。そう、すべては解決したはずなのだ。

どうして、こんなに不安になるのだろう？

成長するにつれ、鏡に映る自分の顔は、忌まわしい記憶の中の父親そっくりになっていく。空手の試合で拳を振り上げれば、悲鳴を上げる母親の姿が脳裏をよぎる。家族を守れる男になりたいのに、努力すればするほど、父の遺伝子が体のどこかで目を覚ましていくような。

違うんだ。俺は、親父とは違うはずなんだ……。

怖かった。幸せな家族を作りたい、その思いだけはずっとある。だが、父には何が足りなかったのか。果たして自分は、その足りないものを持っているのか。周防はずっと、確信が持てずにいた。

鏡像がこちらを覗いている。向き合いたくない問いを、周防に投げかける。

――幸せな家族を作りたいという思いは、親父も同じだったとしたら？

そんなはずがない。あいつに限って、そんなこと考えられない。

――それでも、うまくいかなかったのだとしたら？　お前も同じようになるのではないか？

違う。俺は大丈夫だ。大丈夫のはずなんだ。

周防は目を閉じて頭を振り、まとわりついてくる不安を強引に払った。それからため息をついて、手を下ろした。

腹が減っているから、余計なことを考えるんだ。

台所に立つと、ケトルのスイッチを入れて湯を沸かし始める。カップラーメン一つを取り、机に置いた。そのままぼんやりと、ケトルの中で気泡がぶくぶくいうのを眺めていた。

〒

「また、ポストが燃えたんですか……？」

「ああ。まただ」

愕然とする瞳子の前で、星川班長が難しそうな顔で唇をひんまげる。朝礼の雰囲気は、日ごとに重苦しくなっていた。

「班長。今回も、放火なんですか？」

川島が手を上げて質問する。星川班長はすぐ後ろに立っている細井刑事を振り返った。弱弱しく細井は頷く。

「ええと、たぶん、そうだと思うんですが……」

横の太伊刑事が、肘で細井をつっついた。それからえへんと喉を鳴らし、後を引き継ぐ。

「ええ、ただいま検分中ですが、その可能性が高いと思われます」

「可能性が高いとは？　放火じゃないかもしれない？」

「まあ、そういうことです……放火だという決定的な証拠がないんです。ですが、事故だとしたらあまりに不自然なので、放火なんじゃないかなあと。それに、ちょっと思うところもありまして……」

ほとんど漫才の突っ込みのように、太伊が細井をばしんと叩き、じろりと睨みつけた。

「お前、もうしゃべるな」

「ひゃい」

「放火でしょ。間違いなく。他に何があるってんですか？」

声が響いた。吉田主任である。いつもの二重顎には、より不快げに皺が刻み込まれている。復帰してきた吉田主任は元気そうで皆を安心させたが、彼の愛用していたバイクは修理に出されてしまった。

「何か放り込まれたのでもなければ、ボックスが燃えるはずがないでしょ。最近は監視カメラとか、そういうので、すぐ犯人がわかるんじゃないの？」

　刑事二人は顔を見合わせる。

「あの辺にはカメラってないの？　ねえ、どうなのそこんとこ」

　多少遠慮しつつも、不満を隠さない話し方。文字面だけ追えばまるでお姉言葉だったが、明らかに吉田主任は犯人に対して怒っていた。

「バイクの件は、残念ながら監視カメラの死角だった。ただ、前回のポスト焼失では、近くの駐車場に据え付けられた監視カメラに、ポスト近辺を行きかう人の姿が映っていた。不審人物は、いないわけじゃない。が……まだ絞り込めない」

「どういうことそれ」

「はっきり言って、不審じゃないんですよ。みんな」

　細井刑事が横から言う。

「ポストに何か放り込んでいる人はそりゃ、何人もいます。ポストが燃え上がる前の五分間だけでも、五人ほどいました。だけどみんなそれだけなんです。ライターを取り出して何かに火をつけてから放り込む人は、いない。手紙を入れる程度の動作しか、誰もしていません」

「何か、発火装置のようなものを使ったんじゃないの？　予め作っておいたものを、放り込むだけなら……」

「我々もそう考えました。時限式の発火装置なら、簡単ですからね。しかしそう考えると、痕跡がないんです」

「痕跡がない？」

　はい、と細井が頭を掻く。

「きちんとした時限発火装置を作るには、どうしても回路や、コードといったものが必要になるんですよ。ですが燃え残りを調べたところ、ポスト、バイク共に一切それらが見当たらない。中にあったのは紙が燃えた跡だけ。手紙だけなんです」

「きちんとしてない発火装置だったら？　例えば火のついた線香を隠し持っておいて、放り込むとか。煙草の吸殻とか」

「うーん、線香ですか……今度は、火力面で不安がありますね」

　吉田主任がポンと手を打つ。

「わかった！　じゃあこれだ。ライターを手の中に持っておくんだよ。で、何気なくポストに手を突っ込むだろ。その中で着火して、そのまま放り込んじゃう。どうだ、これなら監視カメラで見たってわかりっこない」

　瞳子は首を横に振る。

「ヨッシー主任、忘れてますよ。燃え残りを調べても紙しか出てこなかったんだって」

「あ、そうか……」

　細井が頷く。

「はい。ライターの部品、例えばフリント・ホイールとかですね、そういったものが燃えカスから出てくるなら、その手口も十分ありえるんですが」

「うーん。じゃあ、これだ。手紙だ。手紙に何か仕込んでおいて、それが時間が経つと発火……」

「同じことだって。燃え残りに発火装置の形跡がない以上、手紙にも仕込みようがないもの。それに明らかに回路とかが入ってたら、区分の時に絶対気づくよね。ボックスに積み込む前にさ」

瞳子に何度も否定され、吉田主任は口を尖らせた。

「じゃあ、どうやったってんだよ。どういうことなんだよ、この一連の火事はよ」

誰もが黙り込んだ。それがわかれば苦労はしない。

「魔法みたいに、掌から炎を出して、ポストや俺のバイクを焼いたっていうのか？」

「……そうなっちゃうんですよね。そして、そこが我々も気になるところでして。実は昔、似たような事件があったという話を太伊さんから聞いたんです」

「似たような事件だって？」

「はあ、まあ、地方の事件なんで、知らない方も多いと思います。そんなわけで、引き続き捜査してまいりますんで、今日はこれで……」

太伊の鋭い目で睨まれ、細井がまとめに入ろうとした時だった。

「『炎の魔女』」

瞳子の後ろで、周防がぼそりと呟いた。

「えっ？」

「あ、いえ。『炎の魔女』ですか？　その、昔の事件って……」

しばらく目を丸くしていた太伊刑事が、口を開く。

「よく知ってるな。若いのに。あれは地方紙や、一部の週刊誌くらいでしか、扱われなかったはずだが……」

「ええと、ちょっと親戚に聞いたことがありまして」

「ふうん。まあ、そうだ。『炎の魔女』事件に似てるんだよ。あの事件も連続不審火だった。でも、ぎりぎりまで犯人に近づいたんだよ。目撃者がいてな。中年女が、裏口に積んである新聞紙の前で何やらゴソゴソやっているのを住人が見つけた。みるみるうちに炎が燃え上がるのを見て、慌てて水をぶっかけて消し、すぐさま女を取り押さえたんだ」

「え？　じゃあ、現行犯逮捕ですか」

「誰もがそう思った。女は自分はやっていない、たまたま燃え上がるところに居合わせただけだと言い張った」

「そんな言葉で、言い逃れはできないでしょう？」

「ところが……手口がわからなかった。女は火をつけられるような道具を持っていなかったんだよ。調べてもライターもマッチも出てこなかったし、燃料をまいたような跡もなかった。証拠がないんだ。それこそ女は魔女で、魔法でも使ったと考えない限り、火をつけるのは難しいと判断された。女は明らかに怪しかったが、火事との因果関係は見つからず、それ以上の手がかりもなく……そのまま、うやむやだ。俺が知り合いから聞いた話だ」

太伊が、まいったとばかりに両手を開いてみせた。周防が眉をひそめる。

「……まさか。今回の火事も？」

「わからん。ただ、女はそれからしばらくして、行方がわからなくなったそうだ。警察のマークを警戒して、引っ越したのかもしれん。場合によっちゃ名前を変えたり、外見を変えたりして、潜伏している可能性もある」

潜伏。そう聞いて、瞳子の背中に冷たいものが走った。

瞳子たちが配達している町にいるかもしれないのだ。いつも手紙を放り込んでいるのは、放火魔のポストかもしれないのだ。

「とにかく。この事件はまだ時間がかかりそうです。パトロールを強化するように伝えますので、皆さんも十分注意して配達の方を行っていただきたく」

太伊が咳払いして言った。

「注意して、って言われたってなあ……」

「具体的にどうすりゃいいんだ？」

フロアのあちこちで配達人が顔を見合わせ、呟くのが聞こえる。

不安が広がっているのを見てか、細井刑事は星川班長にそっと囁(ささや)いた。

「星川さん。我々も犯人逮捕に全力を挙げるつもりです。ですからしばらく、配達を中止するわけにはいかないんですか」

「え?」

星川班長はきょとんとする。

「だから、もう少しのところでケガ人も出ていたわけですよね。非常時ですから、ここは安全をとって、休むことはできないのかと」

「いや、そういうわけにはいかんでしょ」

手を横に振って即答したのは、ケガをしかけた当人である吉田主任だった。

「えっと……」

今度は細井の方が目を丸くする番だった。配達人たちはみなそれが当たり前だとでもいうように、頷いている。

「まあ、仕方ないよな」

「犬に吠え掛かられるようなもんだと思うしかない」

「うん。仕方ない。班長、連絡事項はもう終わりですか。そろそろ配達の準備、始めたいんですけど」

瞳子も例外ではない。

うんうんと頷くと、周防の方を見て「気をつけようね」と言った。周防が聞き返す。

「え……そんな反応でいいんですか」

「ん? だって、手紙は届けなきゃ」

「それは、そうですけど」

「うん。今日も頑張ろうね」

周防も細井刑事と同じように、面食らっていたのだ。

業務上危険があるというのに、迷いなく仕事を続けようとするとは。経営側の人間ならまだしも、一般の配達人が、である。仕方ないと口では言いながらも、強制されているようなニュアンスはそこになかった。

瞳子も、自分では気づいていない。

大雪でも、豪雨でも、台風でも。暑い日も寒い日も、手紙を届けるために走り続けている配達人。自分たちに流れている血が、脳の襞(ひだ)に刻み込まれた本能が、人知れず積み重なって、百四十年に渡って郵便を支えてきたことに。

特別だと思っていないことが、特別なことに。


朝礼が終わったのち、瞳子、周防、そして吉田主任は星川班長に呼び出された。

星川班長は机に地図を広げると、話し始める。

「念のため知っておいてもらおうと思ってね。ええと、ここが石神町。今は四丁目を花木君と周防君、三丁目を僕、二丁目を吉田君に担当してもらっているわけだけど」

隣り合った番地を指し示しながら、星川班長は続ける。

「丁目を分けているのは、この道路。で、こっちに公園があって……」

「あ……ひょっとして、火事って」

最初に気が付いたのは瞳子だった。星川班長が頷く。

「そうなんだよ。今回燃えたのが、このポスト。吉田君のバイクは、ここに停めていた時に燃えたでしょ。そして最初に燃えたのが、このポスト……」

星川が順番に指さすのを見て、ようやく周防にも理解できた。火事は、広い立川の中でも限られた一画にだけ集中している。四丁目と三丁目を分かつ大通り沿いのポスト。三丁目と二丁目の境目あたり、すぐ近くの公園わきのポスト。そして二丁目の端の方、吉田主任がバイクを停めていた団地前。

「まるで立川第一団地を囲むように、火事が続いている……」

そう言った周防の口は震えた。

「俺たち、団地周辺の配達担当は、特に気をつけろってことか」

腕組みした吉田主任が頷く。

「そういうこと。用心してね」

そこで、周防は前に一歩進み出ると、星川班長をまっすぐに見てはきはきと言った。

「ちょっと待って下さい。それだけですか?」

「えっ?」

星川班長が戸惑ったように後ずさる。

「自分も含めて、男性はまだいいと思います。でも、花木先輩は女性ですよ。危険すぎます。先輩だけでも、担当地域を変えてはいただけませんか」

横で瞳子が目を丸くする。吉田主任など、ぽかんと口を開けてのどちんこまで丸見えだ。真剣そのものの周防から目を逸らし、星川班長は瞳子の方に目を泳がせた。

「ええと、どうしよ、花木君自身はどう思うかな……」

「私は今のままで、大丈夫ですけれど」

瞳子も困ったように周防と星川班長を交互に見る。

「うん、本人がこう言っていることだし……」

曖昧に笑う星川班長の語尾をかき消して、吉田主任が大笑いした。

「周防、心配いらねえって！　こいつは下手な男よりもずっと強いから。なんてったって連続殺人犯と互角に渡り合ってんだぜ。むしろ気をつけるのは、放火犯の方だな」

「もう。やめてください、ヨッシー主任」

ぷいとそっぽを向く瞳子。空気がやや弛緩したが、周防はなおも大真面目に言った。

「じゃあ、俺が守りますよ」

「ん……？」

「放火事件がひと段落するまで、俺を花木先輩と一緒に行動させてください。何かあれば、俺が守ります」

部下にどういう教育してんだ、お前。そんな顔で吉田主任は瞳子を見た。それも、周防としては気に入らないようだ。語気を強めて食い下がる。

「新人なのにナマ言ってすみません。でも俺、間違ったことを言っているとは思いません」

「うーん……来週くらいから一人で配達してもらおうかと思ってたんだけどな。まあ、いいか。危険なのは確かだしね。じゃあ、周防君はしばらく花木君と一緒に配達するように」

星川班長が折れた。瞳子を心配してというよりは、新人の周防を心配しているのかもしれなかったが。

「その代わり、よく花木君の配達の技を見て、盗むんだよ」

「はい！　ありがとうございます！」

周防は大声で言い、きびきびした動作で礼をした。鼓膜に響いたのか、吉田主任が耳に手を当てて瞬きをした。


担当地域の手紙を配達順に並べ替えながら、瞳子は聞いた。

「なんであんなこと言ったのさ、周防君」

「え？」

瞳子よりもだいぶ拙い動作で、それでも必死に手紙を入れ替えながら周防が答える。

「ほら、私を守るって話」

「すみません。でも、誰も言わないのはおかしいじゃないですか」

「そうかな……」

周防の返答は明快だった。瞳子の方が言いあぐねる。

「そうですよ。前にも言いましたけど、みんな先輩を女扱いしなさすぎです。守るべき存在だって、わかっていないんですよ」

「それって、私が男性よりも弱いって意味？」

何だか下に見られたような気がして、瞳子は周防をじっと見た。

「いいえ、強いか弱いかじゃありません。大切にするか、しないかです」

ひるまずこちらを見て言う周防。瞳子は思わず手紙を取り落とす。一枚の封筒がはらりと空中を舞い、木の葉のように周防の足元に落ちた。

周防はしゃがむと、手早く封筒を拾い上げ、渡してくれる。身長は同じくらいなのに、よく見ればその手は瞳子よりもずっと大きくてごつごつしている。

周防君って、やっぱり男なんだ。

「ありがとね」

一旦お礼を言ってから、聞くかどうか迷ったが、結局瞳子は聞いた。

「ねえ、周防君ってさ、すごく女性に優しいけど、それってやっぱりお父さんのことが関係あるの？」

作業する周防の手が、一瞬止まった。

「……どうして、そう思うんですか」

「うーん、ごめん、ただのカンなんだ。だけどさ、ちょっと無理してるような気がしたから」

「無理なんかしてませんよ、俺は」

こちらに目を向けた周防に、瞳子は言う。

「私ね、お父さんを憎んでたの」

　えっ、と周防が口をつぐむ。

「ちょっと、困ったお父さんでさ。私とお母さんを置いて、女の人といなくなっちゃったんだよ。だからずっと嫌いだったし、許せなかった。肩に力入ったような感じで生きてきたの。でもこないだの夏、お父さんが本当に考えていたことがようやくわかったんだ」

「どういうことですか」

「お父さん、私たちを守って死んだの」

　しんみりしてしまいそうなのを誤魔化すため、手元ではてきぱきと作業をしながら続ける。

「お父さん、本当は誰よりも私たちを愛してくれてた。ちょっとだけ不器用で……いろんなものが噛み合わなかっただけ、だったんだよ」

「そんなことが、あるんですね……」

　瞳子は頷く。

「意外とね、人の気持ちってわからないものだよ。周防君がお父さんを嫌いでも、お父さんは周防君のことが好きだったかもしれない。でもうまくできなかっただけかもしれない」

「……」

　虚空を見つめ、何か一生懸命考え込んでいる様子の周防。ちょっと真面目な話をしすぎたかもしれない。瞳子は意識して柔らかい声で言った。

「だ、だからさ、あんまり考え込みすぎない方がいいと思うよ。答えを一つにしちゃうと、疲れちゃうからさ」

「先輩。俺……幸せな家を作りたいって気持ちが、すごくあるんです」

「ええっ？」

周防の唐突な発言に、今度は瞳子が驚く番だった。

「俺の家って、暴力親父に滅茶苦茶にされたんです。だから俺、身内に暴力は絶対にふるいません。俺は、家族を守れる父親になります」

「うん、いいことじゃない」

「はい。でも最近、悩んでいるんです。親父のようにはならない、そこははっきりしているんですが。それだけで幸せな家庭ができるのかどうか、わからなくて……」

「うーん、思ったよりも深い質問だなあ……」

しばらく考えてから、瞳子は人差し指を唇に当て、話し始める。

「あんまり、幸せにしなきゃって思いすぎても良くないと思う」

「え」

ぱかん、と周防の口が開いた。想像していなかった解答らしい。

「幸せの形は人によって違うと思うんだ。だから自分の幸せを押し付けたら、誰かが不幸になるかもしれない。それに、幸せにしよう、しようって思ってると、きっと疲れちゃうよ。やっぱり一緒に楽しく過ごせることが大事じゃないかな。すると結果的にみんなが幸せになるわけで……」

周防がじっとこちらを見ていた。瞳子は頭を掻く。

「あはは、ごめんね。なんか偉そうなこと言っちゃって。私もまだ、考え中なんだよね」

「いえ。感動しました」

直立不動で、周防が瞳子を見つめている。

「えっ？」

「俺、そういう風に考えたことなかったんで。先輩の言う通りかもしれません。なんていうか、俺……その……悩みが晴れるっていうか……ええと、とにかく、先輩の考え方は素敵です。俺にはなかったものです」

もごもご。周防は口ごもる。理由はわからないが、いたく感銘を受けたらしいことが、伝わってきた。妙に居心地が悪く、瞳子は目を白黒させる。

「そ、そうかなあ」

「そうですよ。俺、家族を作るんだったら、先輩みたいな人と……」

「え？」

突然、周防は手をぶんぶんと振り、慌てた様子で否定した。

「あ、いや！　すみません。何でもないです、独り言です。ところで先輩、この……手紙を並べ替えるやつ……あの」

周防は急に少年のような顔になって、こちらを上目遣いに見る。

「道順組立？　まだ苦手みたいだね」

「はい。難しいので、コツを教えてください」

「うん、いいよ。といっても慣れがほとんどなんだけどね。こうやって」

瞳子は束になった手紙を、まるで手品師がトランプを扱うかのようにさっと扇状に広げてみせる。

「広げ方が肝心。住所の部分がパッと目に入るようにしてね。力加減や、指の使い方を体で覚えて。で、姿勢は極力変えないように。指の動きは最小限にすることを意識する。大きく動くと無駄も多いし、失敗して手紙を傷つけちゃう可能性も上がるから。で、ほら、こうして……」

しゅたたたた。手裏剣を扱う忍者のような手つき。瞳子の手元を見る周防の目は、魔法でも見るようにきらきらと輝いている。そういえば、私も入ったばかりの頃は、先輩の動作を見て感動したっけ。

「意識して練習してみて。全然違ってくるから」

「凄い！　凄いです、やっぱり先輩は凄い！」

何だか、子犬みたいで可愛い。

若干照れくさい思いを抱えながら、瞳子は考えていた。

周防君と話していると、何だか新鮮だ。普段は隠れている自分の一面が、引きずり出されるような気がする。新しいことに気がついて感動したり、どきどきしたり。そしてどうやら、周防の側も同じらしい。

落ち着かない一方で、心のどこかが嬉しい。こんな気持ちを、何というのだろう……？

鈍感な瞳子にも、もしかしたらこれがそうなのかもしれない、という当てはあった。だけどまだ胸の奥で、そんなはずはないと否定し続けている自分がいた。自分にそんなものは似合わない、無縁のものだと、なぜか必死に言い張っていた。

〒

亀山がいつものように猫の餌を手に扉を開けると、下の階から腰を曲げ曲げ、ゆっくりと上がって来る海老沢と出くわした。

「あ、海老ちゃん。こんばんは」

「亀ちゃん……どこ行くの？　こんな時間に」

亀山はお皿をひょいと掲げる。

「ちょっと公園まで。猫に餌やりに」

「へえ……亀ちゃんって、動物好きなんだね」

「好きというほどでもないけど。暇つぶしだよ」

海老沢は、人懐っこく笑う。

「何だか面白そう。ねえ、亀ちゃん。私も一緒に行っていい？」

思わずいいよ、と言おうとしたが、やめた。自分にとって大切な時間。海老沢にずかずかと入ってきてほしくはなかった。

「ごめん、一人でいたいから」

こういう時は曖昧にせず、きっぱりと断るに限る。

「えっ……」

海老沢が悲しげに目を伏せて、沈黙した。

「私と一緒は、嫌なの……？」

「そういうわけじゃないけど」

彼女が寂しがり屋であることは、亀山も良く知っている。仲が良く親子のようだった姉が亡くなった時、相当取り乱したと聞いた。その余波は今でも続いているらしい。気の毒ではあるが、代わりを務めてやるほどの義理もない。

「で、でも……」

「ごめんね海老ちゃん、じゃあまたお茶会で」

しかし海老沢は食い下がった。

「でも！　でも……亀ちゃんは、一人でいたいって言うけど。あの女の子と、よく一緒にいるじゃない」

瞳子のことだ。

「見てたの？」

亀山がじろりと海老沢を見つめると、海老沢は弱弱しく視線を逸らした。

「……たまたま、窓から見えちゃったことがあって……」

「なんかうまく言えないけど、あの子は例外なんだよね。さっぱりしてると言うか、他人だからの気安さがあるというか。別に海老ちゃんが嫌いとかじゃないよ」

「……うん……」

しばらく海老沢は沈黙していたが、やがてそっと上目遣いでこちらを見た。

「わかった……また遊んでね、亀ちゃん」

「うん」

「どこにも行かないでね。お願いね」

「うんうん。おやすみ」

曖昧に受け流し、亀山は階段を下りていく。背後で見つめている海老沢の気配を感じながらも、振り返らないように努めた。


「かーめやーまさん」

幽霊のような口調、しかし聞きなれた声。やっぱり来たか。

「こんばんは、瞳子ちゃん」

振り返ると、不満そうな顔で瞳子がこちらを睨んでいた。

「どうして今日はいつものベンチじゃなくて、こっち側なんですか。思わず、見逃すところでしたよ。ひょっとして私と会いたくないいんですか。猫助を独り占めする魂胆（こんたん）ですか」

「まあね」

「ひどい！　独禁法違反ですよ」

言っていることは海老沢と大して変わらないのに、瞳子の場合は冗談で返す余裕が生まれる。なぜだろう。海老沢は、亀山に姉の面影を見ているのが明らかだからかもしれない。対して瞳子は、亀山を亀山だとしか思っていない。

「別に理由もないけど、こっちの木陰の方が今日は気分でね」

亀山はさらりと言った。本当は、団地からの死角を探してここにたどり着いただけだ。しかしそれでも、遠くそびえる棟の四階から海老沢の視線を感じるような気がする。

「本当ですか？　まあいいです、よっ猫助。美味しそうなもの食べてるねー。撫でさせて。え、イヤ？　いいからちょっと、挨拶代わりに撫でさせてよ。おらあ」

「……瞳子ちゃんは、また飲み帰り？　それともこれから飲み？」

「いいえ、今日は休肝日というのをやってみます。たまには」

「若い人が言うセリフじゃないね……」

ふーっと煙を吐きながら、ぼんやりと亀山は濃紺の空を流れていく雲を見つめる。瞳子が隣にそっと座った。

「亀山さんは、猫好きではないですよね」

「え？」

思わず瞳子を見る。

「猫好きな人って、もっと撫でたり、話しかけたり、見つめたりします。亀山さんはそうじゃない。いつも餌だけやって、ぼうっと空を見てる。猫が好きだからここに来てるんじゃなくて、猫を理由にここに来てる人です」

「……だから？」

警戒心が、刺々しい声になって出る。しかし瞳子は、にこりと笑った。

「私もどちらかと言えばそっちなんです。最近では猫を理由に、亀山さんに会いに来てます。また、お話聞きたいです」

「面倒だから、嫌だ」

「じゃあ、私が話しますから、聞いてください」

「またそれ？」

はい、と頷いて瞳子は言った。

「火事、続いてますね」

「そうだね」

「このあたりだけで、もう三件です。怖いですよね。私、許せません」

「え？」

瞳子の口調は柔らかかったが、拳はぎゅっと握られていた。

「手紙を大切に待っている人がいるのに。手紙に一生懸命思いを込めている人がいるのに。そして、私たちが誇りをもって届けてるのに。それを踏みにじるなんて……本当に許せない」

「許す許さないって、あんたにそんな権利があるの、瞳子ちゃん」

「えっ……？」

今度は瞳子が、虚を突かれたようだった。亀山は続ける。

「それは、瞳子ちゃんの中の正義の話？」

「……はい、そうですけど」

「ならいいんだけど。でも、相手にも正義があるからね」

「そんな。火をつけける側に、正義なんてあるんですか？」

瞳子のオウム返しに、亀山はゆっくりと頷いた。

「あると思うよ」

「……」

「年を取るとわかってくるよ。誰にだって理屈はあるんだ。我儘にしろ、自己満足にしろ、理屈は理屈。理屈が通らない行動を取れるほど、人間は強くできていないんだよ。そして相手の理屈は……時には、想像もできないようなところにあるものなんだ」

「でも、だからって。じゃあ、亀山さんは、放火犯を許せるんですか？」

「許すとか、許さないとかじゃ、ないんだよ。そもそも許した方がいいのか、許さない方がいいのか、それすら曖昧なんだ。価値観は人によって全然違うんだからね。私にはわからない。どうすればいいのか」

瞳子は目を白黒させる。亀山の言葉を咀嚼しようと、必死になっているようだ。

「価値観は、そりゃあ人によって様々でしょうけれど……じゃあ、私は放火犯とどう対峙したらいいんですか」

「たった一つ、二人を結ぶ共通点がある。放火犯とあんたは同じ世界に生きていて、同じ火事を知っていること」

「はい」

「それだけ」

「……」

「火事という出来事は、放火犯とあんたを繋ぐ、一つの絆でもあるんだ。もちろんその綱は、見ようによっては断絶の壁にもなるんだけど。それを介して繋がっているのは事実」

「……うーん……」

瞳子は腕組みし、うんうんとうなった後、諦めたように息を吐いた。

「わかりません。私はまだ、そこまではわかりません。そんな心境にはちょっとなれません……」

「年を取ればわかるようになるかもね」

少し話しすぎた。亀山は苦笑する。

「……亀山さん。年を取るって、面白いことですか？」

真顔で瞳子が聞いた。亀山は一瞬答えに窮する。

「さあね。少なくとも、過去に戻りたくはないかな。面白いかどうかに関係なく時間は過ぎるんだから、楽しんだもの勝ちだとは思うよ」

「ふうん……」

瞳子はわかったような、わからないような顔をしていた。

「そろそろ帰るよ。夜は冷えるようになったね」

亀山は皿を拾い、立ち上がる。

「はい。亀山さん」

「ん？」

「やっぱり亀山さんとお話するのは、興味深いです」

「そうかい」

「ありがとうございました！　おやすみなさい」

ぺこり、と頭を下げる瞳子。亀山は振り返らず、背中越しに手を振った。

〒

「はあ、今日もよく働いたあ」

無事に配達を終えて戻り、瞳子は思い切り伸びをした。心地よい疲れと、達成感。やはり前日に酒を飲まないと、集中力が違うような気がする。しかし仕事終わりに飲む酒は大変美味しい。飲むか飲まないか、それが問題だ。

「おつかれさまです……先輩……」

「周防君も、だいぶ上手になってきたね」

振り返ると、そこには汗だくで息を荒くしている周防。

「全然、まだまだですよ……」

仏頂面だ。それから、ぱっと両手を上げて、言った。

「ああ、悔しいなあ。悔しいです。全然うまくできなくて、悔しいっ。同じ名字の手紙は間違えそうになるし、うっかり手紙を落としそうにもなるし」

気持ちを素直に出しちゃうところが、周防君の良いとこかな。彼の背中をぽんと叩いて、瞳子は言う。

「最初からうまくはいかないよ。慣れだって、慣れ。まあ、慣れたころに担当地域を変えられたりもするんだけどね」

「早く一人前になりたいですよ。先輩みたいに」

周防は頬を膨らませ、俯いた。

「あのう……先輩」

「何？　どうしたの」

周防はしばらく逡巡していたが、やがて決意したように顔を上げ、言った。

「今日、また、飲みに行きませんか。ちょっと、話したくて」

「ん？　話なら、ここでもいいけど……」

「いえ、その。えーとつまり、お世話になってるお礼です。今度は俺がご馳走しますよ。何でもいいですよ。先輩が行きたいところ、食べたいもの、言ってください」

瞳子はしばらく考え込んだ。それから、店名を言った。

「じゃあねえ……」

「はい。もちろんです」

「いいの？」

「で、結局うちに来るわけか」

おでん屋「さなえ」の店主、持丸がにやにや笑いながら、ビールのジョッキを瞳子たちの前に置いた。

「だってここが一番落ち着くし、美味しいもん」

「嬉しいけどよ、周防は、もっとお洒落なとこに連れていきたかったんじゃないのか？」

ちらりと持丸が脇に目をやると、周防が爽やかに笑った。

「まあ、そうですね。お金、下ろしてきたんですけど。でも先輩が行きたいお店が一番です」

「そう？　ありがとね。ほら周防君も、おでん食べなよ」

こんにゃくを口にくわえたまま、瞳子はお皿を差し出す。

「俺、楽しそうにしてる先輩を見るの、好きなんです」

ぼてん、とこんにゃくが落ちた。カウンターで生き物のように一回飛び跳ね、そのまま床へ。瞳子の歯形がついたこんにゃくを、持丸が黙って拾い、跡を掃除する。瞳子はフリーズし、首から耳の下まで、顔中が赤く染まっていく。慌てて誤魔化すように、瞳子はジョッキを掴んで中身を流し込んだ。

ちょっとまた……どういうこと。どういうこと。

「そうかそうか、周防、瞳子を幸せにしてやってくれよ」

冗談っぽく持丸が言う。周防は「はい」と頷く。どこまで本気なのか、どう受け取ったものか、瞳子にはわからない。黙ってぐいぐい酒を飲む。

その時、ぶっきらぼうにカウンターに皿が置かれた。

瞳子が顔を上げると、水野が無表情にこちらを見下ろしている。

「どうぞ。試作品ス」

「あ……ありがとう」

水野はよく、こうして突然食べ物を瞳子の前に置いてくれる。

瞳子は箸を手に取り、皿をじっと観察した。小さな星型の皿に乗っているのは、大根のようだ。太めの輪切りにした大根を、六つ切りにして、そのうち三つが転がされている。ただ、おでんとは違うようだ。鮮やかな緑と、赤が、一緒にくっついていた。緑はネギのみじん切り。赤は、何だろう？

ひょいと箸で持ち上げて、口に放り込む。

「あっ。海老だ」

「桜海老のペーストです」

塩を薄めにした出汁でじっくりと煮た大根のまろやかさに、鮮烈な海を感じさせる海老の風味と、爽やかなネギの香りがぴったり合う。派手さはないものの、優しい味だった。

「美味しい！　これ、美味しいよ。へえ、この組み合わせは初めて見た」

さっぱりしているのにコクがあり、後を引く味だ。瞬く間に二つ目に箸が伸びる。

「え、俺も食べてみたい！　俺にもください」

横から周防が言う。

「あんたからは金取るけど、いいスか」

「え？」

「冗談ス」

置かれた二つ目の皿に、周防も舌鼓を打った。

「どうだ、それ、いいだろ。水野のやつ、なかなか研究熱心でな。新メニューを作らせてんだ」

相変わらず無表情な水野の後ろで、持丸が笑った。もぐもぐしながら瞳子は言う。

「やるねえ、ミズノン。ほんと凄いよ」

「別に。仕事スから」

目線を外して水野は言った。それから少し躊躇いつつ、聞いた。

「瞳子さんは仕事、どうスか」

「ん？　別に普通だけど。今の季節はまあ、そんなに忙しくもないし」

あっさりと答える瞳子。

「……そうスか」

まだ何か聞きたそうに水野は瞳子と周防を交互に見比べていたが、やがてぼそりと「無理はしないでくださいよ」と言い、また厨房の奥へ引っ込んでいった。

二

おでん屋「さなえ」のトイレは、店のかなり奥まった所にある。二階に続く階段を横目に眺めながら、周防は洗面所で手を洗っていた。ふと、暖簾の向こう、厨房に背の高い男の後ろ姿が見えた。水野だった。

ふと、水野がこちらを向く。思いがけず目が合った。ぺこりと頭を下げてやり過ごそうとしたが、水野はその長身をかがめ、こちらにやってきた。

「ちょっと話せますか」

冷たい声で水野が言う。

「え？　はい……」

戸惑いながらも周防が頷くと、水野は一度厨房を振り返ってから勝手口を開き、外へと出て行った。ついてこい、ということらしい。瞳子と店主の持丸が笑いあう声を背に、周防も銀色のノブを握って回した。

高い空に、控えめに星が輝いている。店の壁とブロック塀に囲まれた狭い空間には、燃料のボンベや酒瓶、樽やビールケースが無造作に置かれていた。

頭に巻いた三角巾を取り、汗ばんだ前髪を掻き上げながら水野が言った。

「あんたって、瞳子さんに配達習ってんスよね」

涼しい風が、周防の頬を吹き抜けていく。背後で勝手口の扉が閉まると、人の声が急に遠ざかり、代わって虫の声が聞こえてきた。

「あ、はい。そうです。水野さんも、俺の先輩ですよね。敬語は使わないでください」

水野は頷き、鋭い目で睨むようにこちらを見た。そういう顔つきなのだろうが、なぜか詰問されているような気分になる。

「じゃあ……使わないけど。放火は、大丈夫？」

「最近、続いてますね。今のところ、大丈夫ですけれど」

「瞳子さんの担当地域で、立て続けだ。なあ、あの人、犯人見つけようとかしてないよな」

「え？　花木先輩が、ですか。彼女、そういうことする人なんですか」

「そう」

ぼそっと水野は言う。周防は笑った。

「そんなことはしてませんよ。ああ、そういう心配ですか。大丈夫です、俺が花木先輩を守りますから」

初めて水野の表情が動いた。ぴくりと眉が上がり、目がほんの少し開かれる。

「守るって？」

「俺、空手やってるんですよ。だから配達中に変な奴が出てきたら、戦います。花木先輩に手は出させません。任せてください」

周防は軽く構えを取ってみせた。

「ふうん」

「できれば、花木先輩には担当地域を変わってほしいと思いますけどね。いや、むしろ内勤……窓口とか、そういうところに移ってもらったらいいと思います。俺がそう言っても、みんな取り合ってくれませんでしたけど」

「内勤に？　どうして？」

「だって、配達なんて危ないじゃないですか。事故もあるし、荒っぽいですし。肉体労働ですしね。花木先輩は女性なんですから、周りが気遣ってあげないとダメだと思います」

他意なく言ったつもりだったが、水野はやや不快そうに眉をひそめた。

「本人が決めることだろ。お前が口を出すな」

思わぬ反応に一瞬ひるむが、すぐに周防も言い返す。

「そういう扱いはどうなのかと思います。周りが男性と同じように扱うから、花木先輩だって本心を出しにくくなってるんですよ」

「瞳子さんはそういう人間じゃない」

「どうして言い切れるんですか？　だいたい、何なんですか。心配なら、本人に直接言えばいいじゃないですか。それを俺に聞くなんて、回りくどいでしょう」

水野がため息をつく。

「言って聞くなら、やってる」

「じゃあ、水野さんがボディガードでも何でもやればいいんですよ。だいたい前から心配だったなら、どうしてその時に配達人をやめさせなかったんです。きちんと行動に移さなければ、女性は気づきませんよ」

「やめさせようだなんて、俺は思ってない」

「どうしてですか。危険だと思うなら、積極的に動けばいいじゃないですか。本気で心配してます？」

ややや、水野もムッとしたようだった。口をへの字にする。そこに周防は畳みかけた。

「もしかして水野さんって、花木先輩のことを好きなんですか」

黙り込む水野。視線を外し、俯いて地面を見ている。

「そういうわけでは……」

「じゃあ、俺が付き合ったっていいわけですよね。俺は、素敵な女性だと思ってますよ」

周防はきっぱりと言い切った。水野は息を呑む。

「水野さん。心配いりません。俺が彼女を守りますから。遠くから見てるだけの男よりも、すぐそばで守ってくれる男の方が、花木先輩には必要です。それとも……あれですか。ちゃんと守る自信が、ないんじゃないですか？」

喧嘩（けんか）になりかねない発言だとわかっていながら、周防は言った。水野が拳を握り込むのが見える。背は周防よりも高く、運動神経も悪くはなさそうだ。何より、どこか危険な気配を水野はまとっている。時に暴力をふるうのも躊躇しないような空気。それがどこから来るのかはわからないが、とにかく揉め事には慣れていそうだ。だが、武道をやっているようには見えない。もし取っ組み合いになったとしても、冷静にさばいていけば勝てる気がする。そんな自信が、周防を大胆にさせたのかもしれなかった。

だが水野は、挑発に乗らなかった。静かに息を吐き、頷いた。

「そうかもな」

それから少し項垂れると、水野は一言だけ、独り言とも恨み言ともつかぬ言葉をぼそりとこぼした。そして背を向けて扉を開き、厨房へと戻っていった。

残された周防は、拍子抜けした気分だった。

水野は一体何がしたかったのか。よくわからなかったが、少し間を置いてから、周防も店内へと戻った。

外の静寂が嘘のように賑やかな店内で、酒に酔った瞳子がこちらを向いた。

「周防君、長いトイレだったね！」

「いやあ……ちょっと迷っちゃいました」

笑いながら、瞳子の隣に腰掛ける。美味そうに酒を飲んでいる瞳子の横顔を見て、ふっと思う。

やっぱり、素敵な人だ。守ってあげなきゃ。

厨房の奥に水野の姿が見えた。一人、ぼんやりと鍋に向かい、菜箸で何か作業している。

った。

——俺みたいな人間は、いない方がいい。

水野の最後の言葉にどういう意味が込められていたのか、周防にはいまいちピンとこなかった。

〒

おでん屋「さなえ」からの帰り道。当たり前のように、周防は瞳子の鞄を奪い取り、自分の肩にかけた。

「はい。俺、持ちますよ」

「大丈夫だよ。自分で持てるよ」

瞳子がそう言っても、周防はにっこり笑うだけ。

「持たせてください。持つのが、嬉しいんです」

「……変なの」

しばらく沈黙が続いた。分かれ道の交差点まで、まだ五分ほどはある。たった五分なのに、凄く長いように思えた。少し、気まずい。

それは周防も同じようだった。ちらりと見た横顔は、何か考え込んだ様子で俯いている。

それから、ふいにこちらを見た。目が合い、慌てて瞳子は目を逸らす。

「先輩の私服、可愛いですね」

周防が言う。どきりとして、瞳子は手で服を隠そうとする。今日着てきたのは、赤白ボーダーのカットソーに、紺色のカーディガン、ジーンズ。一般的に言ってごく普通の恰好ではあるが、瞳子としては朝、鏡を見て色の組み合わせを確認してしまったことを思い出すだけで、恥ずかしかった。

「可愛くないよっ」

「どうして否定するんですか？」

「だって可愛くないもん」

「先輩がそう思っていても、俺が可愛いと思うのは自由ですよね。俺は可愛いと思うんです、それ」

顔から火が吹き出そうだった。俯いたまま、瞳子は言う。

「……困る」

「えっ？」

「困るの。そういうこと言われると」

「困らないでくださいよ」

「だって……」

「俺まで、緊張してきちゃうじゃないですか」

その声で周防を見上げる。周防もまた、少し顔を赤くしてはにかんでいた。

自分の眉が八の字になっているのがわかる。自分の目が、少し涙ぐんでいるのがわかる。

子犬みたいに、震えているのも。

こんなの、私らしくないのに。

「あの、先輩。これ……誤解されてたら嫌なんで、言いますけど。俺、誰にでもそういうこと言うわけじゃありませんよ？」

瞳子は息を呑んだ。

それ、どういう意味？


少しだけ話しませんかと周防に誘われ、瞳子はバス停のベンチに座っていた。住宅街の真ん中にあるバス停は、この時間に待っている客もなく、ひっそりと静まり返っている。遠くの居酒屋のライトが屋根に反射し、足元をかさかさと音を立てて落ち葉が転がっていった。道路を挟んだ向こうの団地で、猫が一匹自転車置き場へと歩いていくのが見えた。

「良かったら、どうぞ」

差し出された缶コーヒーを、ぎゅっと握る。

「ありがとう」

温かくて、ほっとする。周防は栓を勢いよく外し、炭酸飲料をぐっと煽（あお）った。

ベンチはちょうど二人分の幅があり、瞳子の隣は空いていたが、周防は座らなかった。瞳子の斜め前あたり、中途半端な位置で立ったままだった。

「……なんか、変な感じ。こういうの」

瞳子は夢でも見ているかのように、そう言った。

「何がですか?」

「だって。私が、こんなのって、変だもん」

少し考え込んでから、周防は瞳子を見る。

「先輩って、誰かと付き合ったことは、あるんですか」

「ないよ」

瞳子は首を横に振る。

「え、一人も?」

「うん」

「じゃあ……誰かに告白されたことは?」

「告白したことは、一回だけ」

「あ、でも付き合ったことがないということは……」

「うん。振られちゃった」

瞳子は膝の上に手を置いて、ふうとため息をつく。

「ずっと仲のいい男の子がいてさ。小学校のころから、一緒にサッカーしたり、鬼ごっこしたり……泥まみれになって、遊んでた。中学生になっても、高校生になっても、ふざけあってた」

じっと周防は、瞳子を見ている。その唇からこぼれる言葉を、一言も聞き逃さぬように。

「好きか嫌いかで言えば、好きだったよ。でもそれが、異性に対しての好きなのか、私にはわからなかった。別にそのままでもよかったんだけどさ。ちょうどね、周りのみんなが恋人作ってて。瞳子もアイツに告白しなよ、絶対いけるよ間違いないって言われて……そういうものなのかな、って私も思って……」

軽く両手で、瞳子は四角い形を描いてみせる。

「ちょっとしたクッキーを、お洒落なお店で買ってね。ラッピングしてもらって。放課後に呼び出して、告白したんだ。好きです、付き合ってくださいって……どこかで聞いたようなセリフで」

瞳子はくすくすと、声を立てて笑った。

「そうしたらそいつ、目をまん丸にしてさ。本当にびっくりしたみたい。嬉しい驚きってわけじゃなくて、信じられないものを見たって感じだった。そこで、私、わかっちゃった。ああ、何か間違えたんだって。ない、そういうの考えられない、そう言われた。男友達のようなものだったから、今更女として見られないんだって」

周防は何か言いたげだったが、瞳子は構わず続けた。

「正直、私もそう思った。私自身、自分が女ってよくわからなかったし、好きって気持ちもさ、曖昧だったから。でもね、ひょっとして告白したら、友達から恋人になるのかもしれないって。一緒にクリスマスにどこか行って、バレンタインに何か作ったりしたら……何かが変わるのかもしれないって思ってたの。現実はそんなに都合よくいかなくて、私は相変わらず私のままで、変わったといえば、そいつと疎遠になっちゃったくらい」

「……」

「喧嘩だったら、謝れば仲直りできる。でも遠ざかってしまうと、何もできないんだよね。昨日見たテレビについて話すこともなくなったし、一緒にラーメン屋に行くこともなくなった。あんなことになるなら、告白なんてしなければ、よかったなあ……」

こつん、と瞳子は足元の小石を蹴った。小石はほとんど転がらず、歩道の端で止まってかすかに揺れた。ぼそり、周防が言う。

「それは、相手に見る目がないんですよ」

「はは。慰(なぐさ)めてくれて、ありがとう」

「俺、本当にそうだと思ってます……あの。先輩」

「ん」

周防は一つ息を吸った。それから、何かを恐れるようにしばし口をもごもごさせる。やがて覚悟を決めたように、まっすぐに瞳子を見て、言った。

「俺が、先輩に告白したとしたら、どう思いますか」

瞳子の背後で、音を立ててバスが駆け抜ける。回送と表示されたバスは誰も下ろさず、誰も乗せず、ただ窓の形に切り取られた光だけを道路に振りまいて、過ぎ去っていく。かすかに砂埃のにおい。

自分の目がまん丸になっているのがわかった。

あの時、綺麗にリボンのかけられた包みを大切に持っていった放課後、あいつが見せた顔ときっと同じ。

一方の周防の顔は真剣そのもので、とても目を逸らせない。どこかで予期していたような、それとも全く予想外だったような、目の前の現実。

「俺が先輩と、真剣に付き合いたいって言ったら……」

「嘘」

やっとそれだけ、言葉が出た。それがどんなに失礼な物言いか、すぐに気が付いて口を閉じ、俯く。

「嘘じゃありませんよ。俺、そんなに器用な人間じゃないです」

「私なんかのどこがいいの」

硬直しながら、瞳子は必死に聞いた。

「先輩は、俺にないものを持ってます」

「何、それ」

「それだけじゃないですよ。仕事の先輩としても、尊敬してますし。境遇も似てて、親近感がありますし……いつも明るくて、元気で、かっこよくて……ああ、なんかもう、理由を言えば言うだけ安っぽくなりますね。とにかく、先輩となら俺、理想の家族が作れると思ったんです」

家族という単語が飛び出してきて、瞳子はますます固くなる。

「だって……まだ、会ってから少ししか経ってないのに。お互いのこと、よく知らないのに」

「時間が問題ですか？　知らないことがあるなら、付き合いながら知っていけばいいじゃないですか」

「わかんないよ、だって……」

もはや、瞳子の言葉は反論になっていない。それが自分でもわかる。

「怖がらないでください。いいんです。俺が好きか嫌いか、それだけでいいから答えてくださいよ。異性としてとか、そういうんじゃなくてもいいんです。人間として、です。それに俺は、振られたって態度は変えませんよ」

瞳子が見上げる前で、周防ははっきりと言った。

「何も変わりません。一緒に楽しく仕事しますし、おでん屋にだって行きます。振ったって、振らなくたって、そうします。約束します。だから……お願いです。返事を、俺に返事を、ください」

周防も緊張しているようだった。拳は固く握られていて、震えていた。顔は紅潮し、必死に言葉を絞り出す。誠実さが感じられた。

瞳子の手も震えた。

「返事がもらえるまで、俺、帰りませんから」

分かれ道まで瞳子を送り、そこから周防は自転車に乗って駆けた。いつもより心が昂(たかぶ)っているせいか、ペダルは恐ろしく軽く、しかしブレーキをかける気分でもなかった。坂を勢いよく下り、カーブを大きく膨らんで曲がり、住んでいるアパートに、瞬く間に到着した。

考えさせてください、か……。

たっぷり考えただろう後に、なお瞳子の口から出てきた言葉。

ＯＫでなかったのは残念だったが、決して脈がないわけではない、そう感じた。

自転車を停めると、ばくばく言っている心臓を鎮めるように胸をさする。周防としては、あんな風に面と向かって告白をしたのは初めてだった。電話越しになら一回だけ試したことがあったが、その点においては瞳子とさほど経験値に変わりはない。

大きく息を吸って、吐く。ようやく落ち着いてきた。

次に先輩と顔を合わせた時、赤くなってしまわないだろうか。大丈夫だとは思うけれど……。

そんなことを考えながら、集合ポストの南京錠を外し、中に手を突っ込む。チラシが何枚か重なっている中に、ふと上質な紙の感触があった。

〒

律君のおばあちゃん　より

祖母からの手紙だ。新潟の住所から転送設定しているため、こちらに届くようになっている。来た。返事が来たぞ。

気が逸る。階段を上り、自分の部屋まで歩きながら封筒の端っこを指で破った。部屋の入口のドアを開け、中の電気をつけたところで、便箋を取り出す。

そして中を見て、周防は硬直した。

なんだ、この内容は。

何度か読み直す。文章が頭に入ってくるにつれ、周防の背には震えが走った。

二

「あ、ミズノン！　こっちこっち」

遠くから近づいてくる細長いシルエットを見るや、瞳子はぴょんぴょんと飛び上がって手を振った。水野はゆっくりと歩いてくる。とっくに終電の終わった駅前のペデストリアンデッキに、人通りはほとんどない。

「そんなに跳ねなくたって、わかりますよ」

きんちゃく型のバッグを肩から背負い、水野がぼそりと言った。中から割烹着の端っこらしき白い布がはみ出している。

「ごめんね。急に呼び出しちゃって」

「ちょうど掃除終わって店閉めたとこでしたから」

「良かった。お腹減ってる？　何でも好きなのおごるよ」

「おごるったって、この時間じゃ、ファストフード屋くらいしか……」

「あ、ハンバーガーにしない？　私、ポテト食べたい」

「……もう、どこでもいいスよ」

脱力する水野の手を引っ張り、瞳子は二十四時間営業のハンバーガー屋の自動ドアをくぐった。


「ミズノン、食べないの？」

さっきおでんをしこたま食べたばかりだというのに、瞳子はチーズバーガーとフライドポテトを交互に頬張っている。時折コーラで流し込み、チキンナゲットをつまむ。その正面で水野はつまらなそうな顔でジャスミン茶をストローですすっていた。

「こういう店の食べ物、苦手なんスよ」

「あ、そうなの？　ごめん」

「別にいいスけど。まかない食ったし、腹は減ってません」

「ミズノンっていつもどんなもの食べてるの。自炊してるんだよね」

「小松菜サッとゆでて、トマト切って。ちりめんじゃこ、ご飯にかけて……」

「しぶっ」

「脂っこいのがあんまり好きじゃないんです。それより、相談って何なんスか」

「え。あ……うん」

改めて聞かれ、瞳子は赤面して俯いた。それから、先ほど起きた出来事について、説明した。

水野が呆れた顔でため息をつく。

「どうしてそれを、俺に相談するんスか？」

「だって。付き合ったらいいのかどうか、わからなくて」

「そんなの、自分で決めればいいでしょう」

「自分で決められないから、ミズノンの意見を聞かせてほしいの」

瞳子は開き直ってみる。水野はそうスか、と言ってストローをくわえたまま、顔を横に向けた。コップからすぽん、とストローが抜ける。水野が息をするたび、ストローの先で空気がひゅうひゅうと音を立てた。

しばらくの間水野はひゅうひゅうやっていたが、ふと頷いて言った。

「いいんじゃないスか」

「えっ」

「周防、いい奴そうじゃないですか。付き合ってみたらいいじゃないですか」

「……」

瞳子は黙り込む。そうあっさりと背を押されてしまうと、かえってもやもやする。かといってどんな返事を期待していたのか、自分にもわからないのだが。

「瞳子さんはどうなんスか。彼と一緒にいるの、嫌ですか」

「それが、よくわからないの」

「よくわからないとは？」

膝の上に手を置いて、人の少ない店内で、小声で瞳子は続ける。

「周防君と一緒にいると、何か変になる。今まで言われたことがないようなこと言われるし、感じたことない気持ちを感じる」

はっ、と水野は笑う。

「いいじゃないスか」

「でも、それが恋なのかよくわからないの。よくわからないのに、付き合っていいのかどうかも」

「よくわからない、ね。よくわかって恋する人の方が少ないと思うけど」

瞳子は身を乗り出して聞いた。

「ねえ。ミズノンは昔、彼女さんいたんだよね。その時は、どんな感じだったの？」

深く考えず、つい、そう聞いてしまった。すぐに瞳子は後悔した。水野が目を見開き、凍り付いたからだ。

「……ごめん……」

「いいえ。別にいいス。それより、俺は彼女を幸せにはできなかった。参考になりませんよ」

「ごめん。本当にごめん。ミズノンの過去のこと、わかってたはずなのに。うっかりしてた……私」

「だから、いいって言ってるだろ」

必死に謝る瞳子に、水野はやや強い語調で告げた。

「そもそも、人を参考にしてどうすんスか。俺は俺。瞳子さんは瞳子さんでしょ。好きなようにしてください」

「その、好きなようにするってのがわからないんだよ」

「変な人ですね、瞳子さんも。いつだって自分のやりたいように生きてるじゃないですか。今だって、夜中に無理やり俺をファストフードに付き合わせてる。そんな瞳子さんが、どうして恋愛に関してだけ、わかんなくなっちゃうんスか」

「あ、ごめんね、ファストフード、嫌だったよね」

「いや違います。それはいいの。変な気を使わないでください、全くどうしちゃったんスか、そういう人じゃないでしょ」

「ごめん。どうしたらいいのかな……今からでも、他のお店行く?」

あーめんどくせえ、と水野は天を仰いだ。

「一つだけ言えるとしたら」

「え?」

水野は瞳子の目をまっすぐに見た。

「やりたいように生きてる瞳子さんの方が、俺は好きです」

「うえ……」

瞳子は瞬きする。水野の顔が近い。相変わらず冷たい目をしているが、確かに彼は好きと言った。周防に言われた時とはまた違う。ドキドキはしなかったが、心の奥の方がほっとする。

「瞳子さんも、自分が好きと思えるような生き方を選べばいいと思います」

「私の生き方……って、どんなだったのかな」

「暴走機関車みたいな。どこ飛んでくかわかんない弾丸みたいな」

当たり前のように、水野が答える。ぷっと、思わず瞳子は吹き出してしまった。自分を指さして、わざともう一度聞く。

「私、暴走してる?」

「はい。いい意味でも、悪い意味でも」

「どこ飛んでくかわかんない?」

「ええ、わかりませんね。全く」

憮然とした様子で、でも答えてくれる水野。それがなぜか、嬉しい。

「でも、ミズノンはそっちの方がいいと思う?」

「いいって言うか。他の生き方は無理でしょ。危なっかしいったらありゃしない」

「……へへ」

「何照れてんスか。別に褒めてませんけど」

じろりと瞳子を睨んで、水野はポケットから何かを取り出し、ぽいとテーブルの上に転がした。

「何これ」

「ちょうど俺も、言っときたいことがあったんスよ。見てみてください」

それはチラシをくしゃくしゃに丸めた、文字通り紙屑であった。あちこち皺だらけになったチラシを、瞳子は広げていく。

「ただのスーパーのお知らせじゃないの？」

野菜や果物の値段がどでかく掲載された、赤と白のチラシ。広げていくうち、瞳子は凍り付いた。焦げている。半分ほどが焼け、黒く炭化している。

「……何？　これ」

「詳しくは俺もわかりません。拾ったんです」

「拾ったって、どこで」

「立川第一団地ですよ。十七号棟前のゴミ捨て場に、転がってました。俺、最近あの辺散歩してるんス」

「そうなの？　なんであんなとこ、わざわざ？」

「……それは。最近放火事件とか、物騒で。念のため、様子を。あそこ、瞳子さんの担当地域スから……」

水野が小さな声でぼそぼそと言う。ちょうどポテトがフライヤーに放り込まれたところで、レジの奥から油が泡立つ音が上がる。

「え？　何？　聞こえなかった」

「まあ、とにかくあの辺散歩するのが好きなんスよ。早朝、この紙屑が風に乗って、転がってきました。見ると団地の前に、住人が出したゴミ袋がいくつか。その上にネットがかけられている。一つのゴミ袋がカラスにつつかれて、少し破れていました。紙屑はそこから転がり出たものでしょう。なぜかと言えば、同じように丸められたチラシの紙屑が、その中にはびっしり詰まって……」

瞳子はもう一度、チラシの裏をじっと見つめた。

「待って。ということは、十七号棟に住んでいる誰かが、これを焼いた？　それも一枚ではなく、何枚も」

水野は頷く。

「そうスね。推測ですが。火をつけたり消したり、何かやってるやつがいるんでしょう」

「待って。第一団地の十七号棟……」

瞳子は頭の中で思い出す。十七号棟の少し煤けた外観、玄関前の枯れかけたひまわり、そして十個並んだ集合ポスト。担当地域の住所は、大抵頭に入っている。

「鶴田さん。亀山さん。海老沢さんたちが住んでいる場所だ……」

「とにかく、このチラシはちょっと普通じゃない。着火の実験をしているのかもしれません。

まさか焼き芋を焼いたってわけでもあるまいし」

　確証は何もない。ただ、団地のどこかに潜む、歪んだ思いを抱いた何者かの気配が、駆け抜けた。

「ミズノン。このチラシ、借りていい？」

　そう聞くや否や、水野は素早い動作でチラシを奪い取った。

「ダメです」

「えっ？　でも、これ、大事な手掛かりに……」

「あんた一人だと、何するかわかんないんで。危なっかしすぎ」

　水野がじっと、瞳子を見つめる。見つめ返しながら、瞳子は聞いた。

「じゃあ、どうしろって言うのさ」

　そこで水野は目を閉じて一呼吸置き、決意したような声で切り出した。

「……約束してください。あいつにも渡すって。誰かと一緒に、調べるって」

　そう言いながら、水野はそっとチラシをテーブルの上に置いた。

「あいつ？」

「あいつですよ。周防でしたっけ。周防なら、瞳子さんを守ってくれそうじゃないですか。俺よりも近くにいるし」

　はっと瞳子は息を呑む。

「ミズノン、でも、私……」

その顔をじっと見つめて、水野がふいに目を細めた。笑っているようでもあり、どこか寂し気でもあった。そして唐突に水野は言った。

「俺は無理ス」

カップの中でストローをくるくるとかき回す音。

「えっ？」

「俺は、瞳子さんを守る自信、ありません。だからこれからは、もう……やめましょ」

かすかに水野の唇は震えていた。

「やめるって、何を？」

「さあ……」

「ミズノン、ちゃんと言ってよ」

「俺は、前に一人、守れなかったんですよ」

「え……」

「だから、もう一度同じ失敗をするのが、怖くて仕方ない。特にあんたみたいな人を見てるとね。後を任せられる男ができて、丁度よかったスよ」

瞳子は水野の涼しげな瞳を覗き込んだ。いくら見つめても、水野は目を合わせようとしなかった。しばらくの時間が、沈黙のまま過ぎ去る。

「ね、ミズノン……」

「じゃ、眠いんで帰ります」

無機質な声でそう言い、上着を羽織(はお)って水野は立ち上がった。

「ミズノン！」

その姿がやけに儚く見えて、瞳子は慌てて呼び止める。

「何スか」

振り返った水野に、おそるおそる聞く。

「……ねえ、どこかに行っちゃったりしないよね」

水野は口を閉じたまま、瞳子の足元の方を見ていた。紙コップを大きな掌で握りつぶすと、ダストボックスに放り込む。それから初めて会った時のような仏頂面をこちらに向け、ぼそりと口にした。

「俺がどこに行こうと、勝手でしょ」

そのまま振り返らず、水野は静かに店を出て行った。

三

「……」

朝日が照らしだしている天井を見つめて、瞳子は思わずため息をついた。

目覚めた時に、涙がぽろりとこぼれることがある。目をこすりながら、前にこうして起きたのはいつだったのかと、ぼんやり考える。とても悲しい夢を見たようだ。内容は何も覚えていなかったが、過ぎ去ってしまって良かったと思った。

鳥の声が聞こえてくる。時計の表示は六時半。今日は休みだから心行くまで寝坊しようと思っていたのに、ずいぶん早く起きてしまった。部屋の中を見回す。昨日脱ぎ捨てた服が、そのまた昨日脱ぎ捨てた服の上に重なっている。

仕方ないから、洗濯でもしようかな。

下着姿のままのっそりと起き出し、瞳子は服を拾い集め、洗濯機へと向かった。

Tシャツをぱんと広げ、ハンガーにかけて物干し竿にひっかける。こないだ着たカットソーも同じように干していく。安くて着心地がよさそうだから買った服もあれば、自分に似合うかもしれないと思って買った服もある。

この服は、周防君が褒めてくれた服。同じ日に会っても、ミズノンは何にも言わなかった。ミズノンはこの服でも、他の服でも何にも言わなかった。

頭の中でつい、二人を比べている自分がいる。私って性格悪いのかな。ちょっと自分でも嫌になる。

もう。

ぱん、とバスタオルを広げる手に力が入る。

昨日のミズノンの態度は一体何なんだろ。意味がわからない。そりゃ私にも無神経なところはあったけれど、ミズノンの言ってることもまた、筋が通らない気がする。どうして周防君に告白された話が、ミズノンがどこかへ行っちゃう話になるの？

冷たい水野の目が、思いだされる。昨日は呆然(ぼうぜん)とするばかりだったが、今になってだんだん腹が立ってきた。

瞳子はバスタオルをひょいと竿にかけ、洗濯バサミをぱちんとつけた。心の奥の苛立ちが出たか、少し斜めに傾いてしまった。直すのも煩(わずら)わしく、しかし直さないのも鬱陶しく、逡巡してから結局、真っすぐにつけ直す。

そしてベランダから道路を眺めて考えた。

どうして私、周防君に告白されたことを、ミズノンに言ったんだろう。よく考えると、何だか変だ。

本当にアドバイスを貰いたかったんだろうか。彼の意見を聞けば、解決すると思った？　違う。それよりも私は伝えたかった。ミズノンに、周防君に告白されたことを伝えたかった。私なんかでも告白されるんだよって、嬉しかったから、言いたくて……それから……。

それから？

何をどうしたくて、私はミズノンに会ったんだろう。

何がどうして、私は今、こんなにもやもやした気持ちなの。

瞳子はふうと息を吐き、頭をわしゃわしゃ掻きむしった。よくわかんない。こんなの、私じゃない。

屋内に戻り、買ってきたままのバナナの房から一本取って剥き、かじった。時計を見る。洗濯をしても、ご飯を食べても、掃除をしても、まだまだ時間はたっぷりある。何をして過ごしたらいいんだろう。

ベッドに寝っ転がっていると、枕元でかさっと音がした。何かと思えば、水野にもらったチラシだった。焼け焦げた部分は、真っ黒な鈍い輝きを放っている。普段見ている紙とはまったく異質なその光。

誰が、どうして火をつけるんだろう。

火をつけることで、紙をこんな風に変えてしまうことで、何を得ると言うんだろう。

瞳子は立ち上がり、ポシェットを腰にまくと、その中にチラシを放り込んだ。


立川駅前の繁華街を抜けて自転車で少し進むと、急に住宅が多くなり、車通りが減ってあたりは静かになる。小さな公園が住宅の隙間にぽつぽつと配置され、ペンキ塗りたてのベンチが陽を受けて佇(たたず)んでいる。

やがて、連なった灰色の壁が見えてきた。

立川第一団地だ。

一号棟から三十二号棟まで、整然と立ち並ぶ四角い建物。無機質な壁には窓がずらりと並び、脇に据え付けられたエアコンの室外機が目玉のようにこちらを見ている。老朽化しつつある壁には補修の跡があった。ひびが塗り固められ、耐震補強のエックス型の部品だけが真新しい。各棟はそっくりなようで、眺めていると細かな違いが見て取れる。パラボラアンテナがついている部屋。観葉植物でびっしりと埋め尽くされた部屋。ベランダで二つの椅子が向かい合っている部屋、政治家のポスターが張ってある部屋……。

住戸数は千を超えるだろう。同じ間取りの部屋にそれぞれ別の人間が住んでいる。送られてくる手紙も違えば、書いている手紙も違う。そんな当たり前のことに、瞳子は改めて気が付いてどきりとした。

植えられた椿の間を通って団地の中に入り、自転車置き場に自転車を止める。それからゆっくりと、敷地内を歩きだした。帽子を目深にかぶる。

ミズノンは十七号棟の前で、焼け焦げたチラシを見つけたと言っていた……。

別に刑事の真似事をしようと思っているわけではない。ただ、改めて見て回ってみたかっただけだ。「誰かと一緒に調べろ」という、水野の言葉を思い出す。一人でこんなところに来ていることを知ったら、怒るだろうか？

知らない。

怒るなら、怒ればいい。知らない。私、ミズノンの言うことなんて聞かないもん。何が「周防なら、守ってくれる」だよ。守ってほしいだなんて、最初からお願いしてない。

……まるで保護者みたいに振舞われたって困る。

心の中でぶつくさ文句を言いながら歩いていると、十七号棟のゴミ捨て場が見えてきた。今日はゴミの日ではないので、そこには何も置かれていない。

「ふーん……」

入口の周りはまめに掃除されているのだろう、小綺麗だ。脇には植木鉢が置かれている。

濃いピンク色の花と、雑草が仲良く同居していた。ふっくらとした雀が、椿の足元で何かついばんでいる。自転車置き場には籠カバーのかけられた自転車が数台、停まっている。放置されたまま数年が経過していそうな、色あせた三輪車も。

「まあ、普通の団地だよね」

意味もなく感想を独りつぶやく。

その時、背後で息を吸う音が聞こえた。誰かいる……？

「どうして、こんなところに来てるんです！」

うわあっ、ごめんなさい、ミズノン。

咄嗟に水野を思って肩をすくめたが、振り返って見ると、そこに立っていたのは別の人物だった。

「瞳子先輩。どうして、こんなところに？　今日、お休みですよね？」

相手はもう一度繰り返す。瞳子も、おずおずと言い返した。

「……周防君こそ」

「あ。そ、そうですよね……」

まずいところを見られた、とばかり周防は目を泳がせる。それからだぼだぼのパーカーのポケットに手を突っ込んだまま、顔を赤くして俯いた。

「お待たせいたしました。ブレンド二つでございます」

周防は財布を仕舞い、ども、と頭を下げてトレイを受け取ると、飲み物をこぼさないように注意しながら奥の席へと運んだ。ぼんやりと隅の観葉植物を眺めていた瞳子が、こちらを見て立ち上がる。

「周防君、これ……」

瞳子が小銭を差し出す。慌てて周防は首を横に振った。

「いいんです。ご馳走させてください」

「えっ、でも。悪いよ」

「いいですから。本当に」

「だって、どうして……」

しつこく抗う瞳子に、周防は思い切って言う。

「好きな女の子には、おごりたいものなんですよ、男は。だから、いいんです」

あ……そっか。

瞳子はほとんど聞こえないくらいの声で返事をすると、耳まで顔を赤くして、大人しく席に座り込んだ。周防は軽く息を吐き、コーヒーの入ったカップを瞳子の前と自分の前に、そっと置いた。

こっちの方が恥ずかしくなってしまう。ここまで言わないと、わからないのか？

周防は瞳子の瞳を覗き込んでみたが、そこにはとぼけて楽しんでいるような色も、駆け引きを仕掛けている気配もなかった。本当に天然の反応らしい。男性にご馳走されたことがないのだろうか。

「それにしても、びっくりしたよ。周防君とあんなところで会うなんて」

軽く口をつけて、瞳子がカップを机に置く。濃い茶色の液面が波打った。

もう一度周防は相手の様子を窺った。どこまでばれているのだろう。わからない。

「……先輩。申し訳ありませんでした。先に謝ります」

正直にいこうと周防は決め、深々と頭を下げた。瞳子が不思議そうにこちらを見ている。

「え？」

「俺、あの団地にばあちゃんを探しに行ったんです」

「……どういうこと」

「一刻も早く、ばあちゃんを見つけなくてはならなくなりました。これ、見てもらえますか」

周防はショルダーバッグから封筒を取り出して渡した。

「こないだばあちゃんから来た手紙です」

瞳子が受け取り、宛先と差出人の印刷されたシールをしげしげと見る。それから便箋を取り出し、文に目を走らせ始めた。

律君へ
　私に会うために、今は近くで働いているとの件、とても驚いたよ。わざわざそこまでさせてしまって、申し訳ないね。

「まだ、郵便局員になったとは伝えていません。立川に来ているとだけ、書いたんです」

「……すごく、達筆だね」

「え？　はい。ばあちゃんの字は綺麗です」

瞳子の目の動きを追いながら、周防は適宜補足する。

「ここからは、会おうとしたら断られた話です」


　そこまでされたら、私の方でも覚悟を決める必要がありそうだね。

　白状するよ。私は怖いんだ。前に会ってから、かなりの時間が過ぎた。私はすっかり老いさらばえて、風貌もずいぶん変わってしまった。もう、ほとんど別人だ。律君はきっと、立派な青年になっているんだろうね。

　会うのがとても怖いんだ。お互いにわからないかもしれない。わかったとしても、失望されてしまうかもしれない。それが恐ろしいんだよ。

　どうだろう。律君は、こんな私でも受け入れてくれるだろうか。

もし自信がなかったら、我儘な話だけれど、私も会う自信がない。すべてを忘れて、立川から去ってもらえないかな。これまで通り、手紙だけの関係でお願いしたい。

「この話は、別にいいんです。こっちだって、ばあちゃんが昔と同じ外見だなんて思っていない。いや、昔の姿なんかうろ覚えなんで、関係ない。それよりも、ここからが……」

瞳子は頷き、便箋をめくった。

それから、もう一つだけ。

これは会う、会わないとは別の話だ。律君が立川に来ていると聞いて、私は急に怖くなった。知っているかい？　立川では今、不審火が多発している。「焚き火婆」という仇名がつけられた放火魔が、跋扈しているんだ。心配しすぎだと思うかい？　とんでもない。

私には「焚き火婆」の心当たりがある。それどころか、しょっちゅう一緒にお茶を飲んでいるかもしれないんだ。

彼女のことは、初めから、何だか変な人だとは思っていた。ほとんど荷物もなしに引っ越してきてね、私が挨拶をすると怯えたような顔をして。集合ポストに名前は書かないし、自治会には入ろうとしないし、回覧板もろくに見ずに次の家に回す。まるで自分の素性を知られるのを、恐れているみたいだった。

それから少しずつ打ち解けて、だいぶ仲良くもなったけれど、彼女が何かを隠して私と接しているのはわかる。違和感があるんだ。時折、無理やり話を逸らしたり。あるいは、知ったかぶりの嘘をついて、話を合わせてきたり。

そしてある日、疑念は決定的になった。電気代支払いの紙、あるじゃないか。コンビニに持っていくやつ。あれがね、たまたま彼女の家のポストからはみ出ていたわけ。それを見たら、名前が違った。彼女が名乗っている名前と、全く似ても似つかない女性の名前が印刷されていた。確か……なんとかナナミとか、書かれていたように思う。

あれは、別人だよ。私は確信した。

何者かの名義を利用して、別の人間が、あそこに住んでいるんだ。

お茶会で部屋に入ったとき、財布の中が空っぽなんだ。財布を覗いたこともある。悪いとは思ったけどね。そうしたら、財布の中が空っぽなんだ。お札や小銭は入ってたけどね、キャッシュカードだの、ポイントカードのたぐいが全然入っていない。このご時世、そんなことありえるかね？　名義が違うから、持ち歩けないいんじゃないかってのは邪推かね。私は、彼女が銀行で年金を下ろしているのを見たことがない。免許も持っていないようだよ。

決定的だったのは、先日の話だ。通りの向こうで、二人組の警察官が職務質問をしていたんだよ。放火事件が続いているから、警戒していたんだろう。それを見るや、彼女は顔を青くして、踵をかえして早足に逃げ出した。私が理由を聞いても、用事を思い出したとか、曖昧でよくわからない。でもね、警察官を見て逃げ出す理由なんて、そう多くはないだろうよ。

私の考えでは、「焚き火婆」は彼女だ。かつて「炎の魔女」と呼ばれていた女が、ここ立川に逃れてきて、己の名前や過去を隠し、懲りずにまた放火を繰り返している。何が目的かはわからない。とにかく、近寄らないに越したことはない。律君も気をつけるように。

そいつの名前は、亀山初美。少し太り気味の、丸顔の女だ。

彼女には気を付けろ。

はあ。いろいろ書いたら、すっきりした。私も、もう本名を隠す必要もないかな。

それじゃあ、元気でね。

律君のおばあちゃん　改め　鶴田淳子　より

瞳子の手は震えていた。

「読み終わりましたか」

「周防君。これって……」

「自分も、驚きました」

声を殺して言う。

「亀山さんが、連続放火魔？　そんなことって」

信じられないという顔の瞳子に、周防は力強く告げる。

「ばあちゃんが、俺に嘘をつくはずがありません。そもそもこんな嘘をついたって、何にもなりません。だから……これは本当に、俺の身を案じて書いてくれた文章ということで……事実なんです」

「でも、証拠はないんだよね。ここに書かれているのは、推測だけ」

「決定的な証拠はないんじゃないですかね。それがあれば、自分で警察に通報すれば済む話ですから。ただ、ばあちゃんは亀山とお茶会をする仲ですよ。肌感覚として、むしろはっきりと危険なものを感じているんじゃないでしょうか」

「……危険なもの、か……」

瞳子は眉間に皺を寄せ、黙り込む。

「そんなはずは……いや。でも……」

瞳子は頭の中で、亀山や鶴田の二人の姿を思い出しているらしい。その額に汗がにじみ、手の甲で拭い取っていた。周防は聞く。

「そんなことをするような人には思えませんか？」

「……どうだろう。わからなくなってきた」

「人なんてそういうものでしょう。裏では何を考えているのかわからない。怪しいと思えば怪しいし、そうでないと思えばそうでない気もしてくる。ニュースでよくやっているじゃないですか。『まさかあの人が』って。一枚皮を剥がせば、そこに何があるかなんて計り知れません」

瞳子はテーブルを見つめ、じっと考え込んでいる。

「先輩。俺とばあちゃんはずっと手紙をやり取りしてきたんですよ。肉親ですよ。そのばあちゃんを、疑うんですか？　先輩だって配達地域の方と親しいかもしれないですが、それは世間話程度でしょう。重みで言えば、この手紙の方がずっと信頼に足るはずです」

「うん、そうだね……」

ようやく瞳子はこちらを見て、頷いてくれた。ほっとする周防。

「良かった」

「ねえ、周防君。念のため確かめておきたいんだけど。どうやってあのアパートにおばあさんが住んでるって、突き止めたの」

「それは……手紙の内容などから、もともとこのあたりの人間だろうと推測はしていたんですが……」

一瞬口ごもったが、隠しても無駄だと思い、すぐに白状した。

「最終的には名前から、配達地図で確認しました」

「うーん。それ、公私混同になるよね」

「はい……」

瞳子は困ったようにため息をついている。ただ、周防を叱りはしなかった。「私も人のこと言えないんだけど」と小さく呟くのが聞こえた。

「この手紙は、まだ誰にも見せてないよね」

「はい。先輩だから、見せたんです。今後も誰にも見せません」

「うん。その方がいいよ。少なくとも今はまだ。上の人にばれたら、周防君クビになっちゃうかもしれないもん」

どきりとして、周防は首をすくめた。

「でもね、私もこの団地には嫌な予感がするの。これ見て」

瞳子がポシェットから何かを取り出した。くしゃくしゃになっているそれを、慎重に広げていく。チラシだ。半分ほどが焼け焦げている。

「……何ですか？　これは」

「私の知り合いが、十七号棟の前で拾ったの。つまり、亀山さんや鶴田さん、それから海老沢さんなんかが住んでいる棟。周防君のおばあちゃんの手紙によれば、放火犯が住んでいる棟」

「焼いた人間が、近くにいるということじゃないですか。やっぱりばあちゃんは正しかったんです。あそこは焚き火婆の潜伏先なんですよ」

「……」

瞳子は口を真一文字にして、しばらく押し黙った。

それからゆっくりと自分に言い聞かせるように言葉を発する。

「確かめなきゃ。公にはできないから、私たちで証拠を見つけるしかない。とにかく、亀山さんが本当に焚き火婆なのかどうか、確かめなきゃ」

周防は耳を疑った。思わず椅子から腰を浮かし、身を乗り出す。

「先輩、それじゃ遅いですよ！」

「遅いって？」

「証拠集めだなんて、そんな悠長（ゆうちょう）なことをしている間に何かあったらどうするんですか。ばあちゃんは今も、あちこちに火をつけて回るような凶悪犯と同じ建物に住んでいるんです。今のところボヤで済んでいますが、これからも同じとは限らない」

「じゃあ、周防君はどうするつもりなの」

「俺は、助けます。ばあちゃんを」

きっぱりと言い切る。瞳子の向こうのガラス窓に自分の顔が映っていた。

「あの小さなアパートから連れ出して、もっと安全なところに匿（かくま）うんです。放火魔に気を付けろと、手紙で心配されている場合じゃない。もう、俺がばあちゃんを守る番なんだ。それから、瞳子さん」

意識して先輩ではなく、名前で呼ぶ。

「俺は瞳子さんのことも守りたいんです。焚き火婆は危険人物ですよ。彼女について調べるだなんて、やめてください。俺がやります。俺に任せてください」

それまで黙って聞いていた瞳子の気配が変わった。周防ははっと息を呑む。

その大きな黒い瞳が、じっと周防を見つめる。瞳の奥で周防が、瞬いている。

「私、自分で確かめたいの」

淡々と、しかしはっきりと、瞳子は言う。

「俺は、あなたを心配してるんです。大切な人だから」

「うん……ありがとう。そういう風に言ってもらえるの、嬉しいよ。でも、確かめたい」

周防は戸惑った。コーヒーをおごるとかおごらないとか、そんなことを話していた時の印象とは全く別物だった。恋愛慣れしていなくて、自分に自信がなくて、人の恋に興味はあっても、自分の恋では身動きできなくなってしまう。そんな弱気だったはずの瞳子の、思いもよらぬ頑固さを目の当たりにした気がした。

「世間話程度の仲だよ。その通り。それでも私は亀山さんと一緒に生きてきた。この町で、配達をしながら、暮らしてきたの。だから、ちゃんと知りたい。亀山さんは本当に焚き火婆なのか。だとしたら、どうして放火なんてしたのか。何があって、ここに逃げてきたのか。今どんな思いでいるのか、お孫さんとどんな話をしているのか、鶴田さんたちとはどういう関係なのか……」

「何言ってんですか。瞳子さんがそう思ったとしても、相手はそこまで考えていませんよ」

「そうかな」

「そうですよ。郵便配達人はしょせん、郵便配達人です。俺たちがどんな気持ちで配達しているか、生きているかなんて、誰が考えますか？」

「……そうかもしれない。でも」

「同じように、郵便配達人が一人の老人についてそこまで考える必要なんて、どこにもないんです。ましてや、相手は犯罪者ですよ」

「……」

　どうしても、自分の意見を通したかった。そのせいで周防の口は滑ったのかもしれない。

思わず、率直な言葉が飛び出した。

「そんなどうでもいい人間なんかよりも、俺の方を、俺とばあちゃんを、見てくださいよ。

俺……瞳子さんと付き合うことができたら、ばあちゃんに紹介しようと思ってるんです」

　しかし、逆効果だった。

「どうでもいい人間なんかじゃない」

　瞳子は俯き、悲しそうに首をゆっくりと横に振る。

「どうでもいい人間なんて、いないよ」

「先輩……」

　しまった。周防は一人反省する。相手の話を聞かずに、言い過ぎてしまった。しかし今更、
あとにも引き下がれない。

「わかりました。瞳子さん。この件については、意見が決裂ですね」

「……そうだね」

　騒がしい喫茶店の中、周防と瞳子のテーブルだけが冷え切っている。

「もう、止めませんよ。瞳子さんが証拠を見つけたいというなら、どうぞやってください。

それは瞳子さんの自由です」

「うん」

「でも、俺がばあちゃんを匿うのも自由ですよね。それから、先輩が調べ物をするときに、ボディガードとして同行するのだって、俺の勝手ですよね。俺は俺で好きにやらせてもらいます。いいですか」

瞳子が顔を上げ、それから頷いた。

「うん……ありがとう。大丈夫」

かすかだが、その表情には笑みが戻っていた。周防はほっと胸を撫でおろす。

それから、一人心の奥で反省した。

相手の意見を受け入れずに我を通すだけなら、親父と同じじゃないか。ああはなりたくない。俺は、瞳子さんとこれからもずっと、うまくやっていきたいんだ……。

周防は瞳子のことが好きだった。彼女をきちんと女性として扱いたいと常に考えていた。それが時に目を曇らせる。周防は、一人の女の子の機嫌を損ねてしまったが、何とか仲直りに成功したと思っている。

「周防君。じゃあ、これからさっそく会いに行こうよ」

「会いに行く？　誰に？」

「亀山さんたちにだよ。聞き込み……ってほど大げさな話じゃないけれど。ちょっと、探りを入れてみたいの」

「今からですか」

「うん。嫌だったら、いいよ。私一人でも行くから」

飲み掛けのカップをトレイに置き、返却口へと向かう瞳子。慌てて周防も後を追う。

「ま、待ってください。一人じゃ危ないです。俺も行きますよ」

「ありがとう。ごめんね」

瞳子はすまなそうに言う。だがすぐに、喫茶店の入口へと向き直った。その目は、前を見つめる目は、もう周防を視界に入れていない。

瞳子は機嫌など損ねていなかった。頭の中にあるのは、亀山のこと、焚き火婆のこと、一連の謎についてだけ。解き明かしたい。好奇心とは少し違い、また何らかの正義感とも言い切れない。それらも多少は交じっているものの、根本にあるのは本能的な衝動だ。

自分の瞳で見なくちゃ。それが、どんな真実であろうとも。

「行こう、周防君」

瞳子は背後を振り返りもせず、早足に歩き始めた。

〒

「本当に行くんですか、瞳子さん」

団地の前まで戻ってきた瞳子に、周防が聞いた。

「うん」

瞳子は通りから、一段高くなっている団地の敷地を見上げる。整然と一定の距離を保って立ち並ぶ、色あせたクリーム色の建物たち。

「十七号棟の三〇四号室が、鶴田さん。三〇五号室が、亀山さん。そして四〇四号室が、海老沢さん。三人はお友達なの」

「知ってます。よくお茶会をしているんですよね。ばあちゃんからの手紙に書いてありました」

「うん。お茶会は、決まって午後からなんだって」

周防が腕時計を見た。ちょっとごつごつした黒い時計。

「今、十一時半です」

「十分くらいずつ、鶴田さんから順番に訪問してみようか。口実はこれ」

瞳子は手にした包みを掲げて周防に見せた。途中の和菓子屋で買ってきた黄身時雨だ。卵黄を餡に混ぜ込んで練り上げ、漉し餡を包んだもの。素朴なお菓子だが、あそこの和菓子屋の黄身時雨は餡がほろほろで、しかし適度にしっとりしていて、舌の上で心地よく溶けるような甘さが絶妙だった。早い時間に行かないと、売り切れてしまう。

「近くまで来たんですけれど、せっかくだからお裾分けにって」

「……本気なんですね。あの、念のために言いますけど。さっき俺に公私混同だって言ってましたけど、瞳子さんだってそうじゃないですか」

「うん……そうだね」

生返事をしながら、瞳子はもうコンクリートの階段を上り始める。

「いいんですか」

「周防君をクビにするわけには行かないから。でも、私はもう仕方ない」

「不思議な人ですね、瞳子さんは……」

ぶつくさ言いながらも、周防は後についてくる。二人分の足音が、静かな団地に響く。

「周防君も、一緒に話す？」

「いえ……やめときます。まだ、会いに行くとはばあちゃんに伝えていませんし。今日はあくまで様子を見るだけにします」

周防はパーカーのフードをかぶり、断った。そして階段の踊り場で立ち止まり、やや距離を置いて瞳子の方を見る。

瞳子は頷き、鶴田の住む三〇四号室の茶色のドアの前に立つと、インターホンに指をかけ、一つ深呼吸をした。その時。

「鶴ちゃん。手紙、また見てもらえないかな」

声とともに背後で扉が開いた。

「わああっ」

思わず瞳子は飛び上がる。

「えっ？　あ、あれ……鶴ちゃんじゃない？」

「ど、どうも、亀山さん！　こんにちは」

慌てて瞳子は向き直り、三〇五号室から出てきた亀山に向かって頭を下げた。亀山の方も、驚いたらしい。眼を白黒させせている。

「亀山さん、伊沢屋の黄身時雨が買えたんですよ。ちょっと近くまで寄ったので、せっかくだからお裾分けしようかと思って」

「ああ、瞳子ちゃんか……ありがとう」

戸惑う亀山の手に、便箋が詰まった封筒があるのを見て、瞳子はすかさず聞いた。

「手紙ですか？　亀山さん」

「ん？　あ、うん……」

「いつも鶴田さんに見てもらってるんですか」

「そ、そう。鶴ちゃんは字がうまいからね。孫に手紙を書くときには代筆してもらうわけ」

「えっ、鶴田さんが三人の分を代筆しているんですか」

亀山は頷く。

「もちろん自分で書くときもあるよ。でもね、この年だと老眼がきつくて、指も震える。たいていお願いしちゃうね」

「じゃあ、内容は全部鶴田さんにわかっちゃいますね？」

「まあね。別に見られて困ることもないし、私たちはもともと手紙を見せ合うような仲だから」

なるほど。

瞳子は一人頷く。

もしかすると、亀山さんの手紙を代筆する中で、鶴田さんは何かを感づいたのかもしれない。その内容から、焚き火婆と繋がる何かを。

「悪いね、お菓子貰っちゃって。お茶でも飲んでいく？」

黄身時雨の包みを受け取り、亀山は扉を開けて奥に入った。

「あ、いえ、大丈夫ですから」

「いいから。待ってて」

軽く頭を下げて室内に入る。扉は開けたままにしておく。背後から、周防の視線を感じた。

壁には相変わらず無数の便箋がごちゃごちゃと、マグネットで貼り付けられている。内容までは見えないが、びっしりと文字が並んでいるのだけはわかった。それ以外は、家具や物の少ない綺麗な部屋だ。瞳子は聞いた。

「亀山さん。あの……変な質問かもしれませんが」

「え？　何？」

靴を脱ぎ、ちらっと奥を見ると、キッチンに亀山が立ち、何か作業をしていた。

「連続放火犯の『焚き火婆』に、心当たりはありますか」

ずばり聞いてみる。

「ないよ」

背を向けたままの返答。特に動揺したような様子は見られない。

「あれば、警察も苦労しないでしょ……」

「亀山さん。以前、ナナミさんと言う方の話をしてましたよね」

「ん？　ああ、したね。どこまで言ったかな」

「夜のお店の同僚で、亀山さんを慕っていたこと。そして、彼女からお金を騙し取っていたと聞きました」

「ああ、そうだね。あれはもう時効さ」

「このお部屋、ナナミさんの名義だと噂に聞いたんですが」

周防に見せてもらった手紙に、そう書かれていた。

亀山はしばらく返事をしなかった。ただしゅんしゅんと、薬缶の中で水が震える音だけが、よく整った室内にこだまする。白いレースのカーテンがまるで凍り付いたかのように動かない。

かすかに湯気が噴き出し始めたところで、亀山がぼそりと呟いた。

「……誰が調べたんだか、そんなこと。どこにでも、詮索好きがいるもんだね」

「ごめんなさい……」

電気はつけていないのに、陽を受けて部屋は明るい。フローリングの床が輝くようだ。街灯に照らされながらも、互いが闇に半ば飲まれる、いつもの公園とは大違い。その眩しさが、かえって瞳子を緊張させた。

「そうだよ。この家は、ナナミが契約している。それが何か？」

亀山がゆっくりと振り向き、瞳子と正面から向き合った。

年老いている。

なぜか、この時瞳子は初めてそう感じた。

亀山の顔、その目にも、鼻の脇にも、口の下にも深い皺が刻み込まれている。瞳子の三倍近く過ごしてきた年月が、その間に積み重ねてきたもの、あるいは削り取られていったものが、はっきりと表れている。

「ナナミさんと同居されているんですか」

「いいや」

「え？　じゃあ、どういう……」

「はあ……」

大きなため息。

「そろそろ潮時かね。この年になって引っ越しは、何度もやりたくないが」

「どういう意味ですか」

亀山はちらりとこちらを見た。

「独り言だよ。さ、瞳子ちゃん。私はこれからやることがあるんだ。さあ、出てった出てった。お菓子、ありがとう」

お茶を淹れると言っていたが、それはなかったことになったらしい。亀山は瞳子の背を押して玄関へと促した。あからさまな態度に、瞳子は戸惑いながらも抵抗する。だが、亀山はほとんど力づくで瞳子を部屋から追い出した。

「あの、亀山さん！」

「あーそうだ。鶴ちゃんに会ったら伝えといて、また手紙をお願いしたいって。じゃあね」

ぺこりと亀山は頭を下げる。瞳子が何か返すより早く、亀山は扉を閉めた。

重い金属の扉が二人を分かつ音が、階段に響く。

しばらく瞳子は、その扉を見つめ続けていた。

やっぱり私は、亀山さんのことをまだ全然知らない……。

わからなくなってきた。亀山さんを信じるべきなのか、疑うべきなのか。わからない。どうすればいいの……。

とにかく、鶴田さんにも話を聞いてみよう。

それから踵を返し、今度は鶴田と書かれた表札の前で、インターホンに指をかけ、深呼吸をした。


「あら、嬉しいねえ」

ドアを開けた鶴田もまた、瞳子が持ってきた黄身時雨を見るなり顔をほころばせた。老眼鏡をかけていて、右手に少しインクの跡がついている。

「あ、書き物でもされていたんですか」

瞳子が聞くと、小柄な鶴田がこちらを見上げた。首のところに走る深い皺が、不規則に歪む。

「ああ、そうよ。日記をね。字の練習にもなるから、毎日書くようにしているの。私、字を書くの好きなのよ」

ゆっくりと、鶴田の顔を見た。彼女が周防君の祖母ということだ。言われてみれば、目尻の形が似ているようにも思う。しかし、鼻から下の形は全然違う。瞳子はちらりと背後を窺った。周防は距離を置いて様子を見ている。

「そういえば、鶴田さんって、亀山さんの手紙を代筆しているそうですね」

そう言うと、鶴田は一瞬驚いたようだったが、すぐに頷いた。

「そうよ。亀ちゃんの手紙もそうだし、海老ちゃんの手紙も時々書いてるね。私たち、お互いの得意分野で助け合ってるわけ」

「さっき亀山さんが、またお願いしたい、と言ってましたよ」

「ああそう。じゃあ、あとで行ってあげないとね。伝言ありがとう」

「……でも、あれですね。相手の手紙の内容が全部わかっちゃうわけですよね。ちょっと申し訳ない気分になりませんか？」

素直に聞いただけだったが、鶴田の顔色が変わった。

「わかってないね、あんた」

「えっ？」

深いため息をついてから、鶴田は瞳子にだけ聞こえるように、小さな声でひそひそと言う。

「隠したいプライベートもあれば、見せびらかしたいこともある。ちょっと考えればわかるだろう。旦那が出世した、子供が孝行してくれた、孫が遊びに来る……女にはね、一つ一つがステータスなんだ。まるでうっかり漏らしてしまった、そんな素振りで自慢をする、そうして相手を組み伏せようとする」

ぼそぼそと語る鶴田の目は、ぞっとするほど冷たかった。

「代筆なんて、正直やりたくないね。孫へのお礼の手紙、子供との親密なやり取り……亀ちゃんや、海老ちゃんの自慢話を終始聞かされて、さらに書き取らされているようなものだ。嫌がらせかと思う時もあるよ」

「相手がそのつもりかどうかは……」

「ああ、そうだね。そりゃあ、私が被害妄想かもしれないね。だから断るわけにもいかない。わかるだろ？　断ったら、自分が悔しがっていることを認めるも同じなんだから」

はあ、と鶴田がもう一度ため息をついた。

こんなに不機嫌そうな鶴田さんを、見たことがない。三人でお茶会をしている時や、ちょっと挨拶する時には決して見せない姿だ。

「……でも、信頼関係ですよね。だって自分の家族の個人情報じゃないですか。鶴田さんがもし悪い人だったら、勝手に連絡を取ることもできるし、全く別の内容の文面を作ることもできちゃう。利用されてしまいますよね。それでも頼むということは、信用があるからだと思います」

「何言ってんの、できないよ。そんなこと、できない」

鶴田は手を素早く横に振る。

「代筆した手紙は、当然彼女たちもチェックする。それから自分の手で封筒に入れて、封をして、宛名は自分たちで書いて出すんだ。私が何かする余地は一切ない。信用なんかないね。女ってのはね、仲良くしていても完全に心を許すってことはないのさ」

「そういうもの、ですかね……」

「そういうものさ。中でも亀ちゃんときたら、図々しくて。最初は親切でやってあげてたけれど、最近は億劫になってきたよ」

　亀山に話が向いた。瞳子は聞いてみる。

「そうなんですね。あの……亀山さんって、どういう人なんですか？」

「……どういう人って……何か隠してるよね、あの人は」

「隠してる？　何を？」

「そんなことは知らないけどね。過去の話は一切しないし、自分の素性を明かさない。代筆の内容もね、当たり障りのないことばかりだよ。だけどまあ、誰だってそうか。わざわざ過去を明かす人なんて、普通はいない」

　その時、部屋の奥で電話が鳴り始めた。鶴田が軽く奥を見る。

「出ないんですか？」

「どうせ娘だよ。ほっとけばいい」

「え？　でも……」

電話は鳴り続けている。やがて止まったが、すぐにまた鳴り始めた。室内は綺麗だったが、亀山の部屋のそれとは質が違った。単純にものが少ない亀山の部屋と比べ、鶴田の部屋には品の良い家具が並べられていて、センスの良さを感じる。壁にはやはり手紙が貼り付けられているが、たった一通だけ。何十通もぐちゃぐちゃに並んでいた亀山の家と比べると、対照的だった。

「いいんだよ。フレックス？　か何かで失敗して、借金こさえたらしいんだけど、そんな時だけこうして電話してくる。バカ娘が」

ひょっとして、エフエックスだろうか。外国為替を使った投資。

「昔からそうだった。金に汚くて、親孝行は金を引き出す手段くらいに見なしてるんだ。小遣いをやらなきゃ、手紙一つよこしやしない。あいつの考えてることなんて丸わかりだよ。早く死んで遺産をよこせ、これだ。電話も手紙も面倒くさい、相続してしまえば手っ取り早いと思ってる。そうはいくかってんだ」

「……」

顔を赤くして憤慨する鶴田に、瞳子は何も言えない。ふと、周防も祖母から頻繁に小遣いが送られてくる、と言っていたことを思い出した。

「……まあ、その一方で、こんな婆さんの相手をしてくれるんだから、せめてお金くらいは渡さなきゃとも思うんだけどね。だから、何かあるたびに必ず小遣いは渡すようにしてきた。それがかえって良くなかったのかな」

「そうなんですか」

鶴田は俯く。

「怖いんだよ。もし渡さなかったら、どうなってしまうのか。お金がなければ、もう来てくれないのか……。確かめるのが怖くて、間にお金を挟まずにはいられない。どうして、こんな家族しか作れなかったのかね。どうすべきだったんだろう。お金を渡してよかったのか、それとも最初から渡さなければよかったのか……」

鶴田はそこで、ちらりと分厚い眼鏡の奥からこちらを見た。開いた口の隙間から、入れ歯が覗く。

「瞳子ちゃんなら、どうする？」

何も言えなかった。

瞳子は四階への階段をゆっくりと上りながら、考え込んでいた。

知らなかった。鶴田さんがそんなことを考えていたなんて。瞳子も小さいころ、何の気なしに祖父母から小遣いを受け取って、無邪気に喜んでいた。あの時、祖父母はどんなことを考えていたのだろう。ただ、喜ぶ孫を見て笑っていたのだろうか。それとも、心のどこかに不安を抱えていたのだろうか。

世界中で、当たり前のように行われているやり取りでも、関わっている人の心の中はひとりひとり違う。覗いてみるまで、どうなっているのか、わからない。

ドアの前に立って初めてわかったが、海老沢の四〇四号室だけ、何か妙だった。変な臭いがする。埃っぽいような、土臭いような……。

インターホンを押す。部屋の中でチャイムが鳴る。しばらく待ったが反応はない。留守かなと思った時、覗き穴の向こうで気配がした。

覗かれている。

瞳子が身構えた瞬間、「あ……瞳子ちゃん」と声。そして、ドアが開いた。

「うっ」

思わず顔をしかめる。室内から、さらに強烈な埃の臭いが飛び出してきた。空気に押されているのではと錯覚しそうなほど、濃い。

「どうしたの」

腰の曲がった海老沢が首を傾げる。自分では気づかないのだろうか。

失礼かと思ったが、瞳子は聞いた。

「すみません、海老沢さん。何か、変な臭いしませんか?」

海老沢は特に気分を害した様子もなく、部屋を振り返って答える。

「ああ、ちょっと散らかってるからね……」

「散らかってる……?」

海老沢の向こうに、室内が少しだけ見える。瞳子は目を疑った。

開いている襖の向こう、おそらくは和室だろうそこに、いっぱいにゴミが散らかっている。

いや、散らかっているなんてものじゃない。壁が見えないほど、山と積みあがっている。コンビニの屑籠(くずかご)をひっくり返したような、雑多なゴミだ。紙屑、落ち葉、ガムの銀紙、空き缶、空き瓶、包装ビニール、紙袋、何かの串、ペットボトルの蓋、乾電池、割れた茶碗、元が何だったかもわからないプラスチックのかけら……。

脇にはゴミ袋らしき、大きめのビニール袋が綺麗に畳まれて並んでいる。

「ど、どうしちゃったんですか、海老沢さん。あのゴミは」

「え？　リサイクルだよ」

「リサイクル？」

海老沢は頷き、やや妙なアクセントでリサイクル、と繰り返す。

「瞳子ちゃん、知らないの。リサイクルというのはね、つまり資源を再生することさね。不要品だと思ってみんなが捨てているものの中には、まだ使えるものがね、たくさんあるんだよ。それをそのまま燃やしてしまっては、勿体ない。地球にも良くない。人間は大量消費をね、しすぎた。これからはこうして、環境を大切にしていかなくてはならないんだよ。そうしないとね、結局人間も滅んでしまうんだ。大事なのは私たち一人一人の努力で……」

真剣な顔であった。しかしほとんど耳に入ってこない。瞳子にとっては、いつもあたりを掃除している海老沢さんが、ゴミだらけの家に住んでいることが、意外で仕方なかった。

「海老沢さん。まさか、ここのゴミって……」

「ん？　ゴミじゃないんだよ、資源と言ってね」

「あ、はい。ここの、ええと資源って、集めてきてるんですか？」

「そうだよ」

海老沢はあっさりと肯定する。

「じゃあ、まさか、いつも団地の周りを掃除しているのは……」

「うん、使える資源を集めているの。そうとは知らずに捨てていく人もいっぱいいるから」

「……」

絶句してしまう。

部屋の中のゴミは、相当な量だ。よく見ると、脇には分別されたゴミが並べられている。生ゴミの類は全部一か所の袋にまとめられ、きちんと口が縛られていた。さすがに生ゴミは捨てているらしい。空き缶やペットボトルは廃品回収などに出すのだろう、綺麗に洗われ、積み上げられている。輪ゴムは何十本も束ねられていて、ビニール袋は大、中、小のサイズごとに分けられている。紙は伸ばされて畳まれ、クリップで止められていた。メモ用紙として活用するのだろうか。そうして整理され、貯めこまれている〝資源〟だが、とても老人の一人暮らしで使い切れる量とは思えない。リサイクルの域を超えている。

「集めるのも大変なんだ。とっても重いんだよ。だから未だに車も運転してるの。免許を返納しようと思ったこともあるんだけど、とても歩いて集めるのは無理」

異様な執着。

顔をくしゃくしゃにして笑う海老沢の目は、どこか危うい光を放っていた。

「で、でも、海老沢さん。こんなにあったら、家に居場所がなくなってしまうんじゃありませんか」

「資源を集めている部屋は一部屋だけだから、そこまででもないよ。ちょっと人は呼びにくいけれど……」

「平気なんですか。海老沢さんは、この中で」

「え？　うん」

「居心地が悪くは、ないんですか」

ややあってから、海老沢はため息をついた。

「私、子供の頃は貧乏でね」

「えっ」

「特に両親が死んでからは、姉さんと二人、本当にゴミを漁るようにして生活していた時期があったんだ。ゴミを集めて、売れるものは売って、あるいは食べるものを探して。玩具もゴミだったし、寝床もゴミだったわけよ」

海老沢はどこか遠くを眺め、夢でも見ているような顔で続けた。

「でもね、楽しかった。姉さんがいてくれたし。姉さんは優しかった。そのせいかなあ、部屋がこうなっていた方が、落ち着くの」

「海老沢さん……」

「姉さんのいた頃が懐かしくてね。それに、ああして暮らしたおかげで、資源がそこら中に落ちていると、気づくこともできた。これからはね、エコ社会になるよ。みんながみんな、ゴミを集めて、リサイクルするようになると思うの。そう、これは時代の流れでね、みんな私と同じようになっていくんじゃないかな。気づくのが遅いか、早いかの話。何十年も前に、そういったことに誰よりも早く気づいた姉さんは、本当に頭が良かった……」

海老沢の話は、しばらくの間続いた。環境の大切さ、リサイクルの大切さ、そしてゴミの大切さについて穏やかに語る海老沢は、もはや恐ろしくすらあった。


……っ、疲れた。

三人の住む団地を出て、すぐ近くの公園のベンチに腰を下ろした時、瞳子は心底そう思った。ほんの十五分くらいずつ話をして、それぞれにお菓子を渡しただけなのだが。濃密な時間だった。

「案外、普通でしたね。あ、先輩、どうぞ」

周防が自販機で買った缶コーヒーを差し出してくれる。受け取るのも忘れ、瞳子は言った。

「え、普通って？　どこが？」

「え？　いや……放火魔の亀山ですよ。俺、観察してましたけど、ごく普通のお婆さんで……なんか拍子抜けしました。もっと危なそうな人を想像してたんで。あの人が『焚き火婆』とはね」

「うーん、見てるだけだったらそう思えるかもしれないけど……でも、話した内容は結構みんな濃かったよ」

「あ、そうなんですか。俺、会話はよく聞こえなかったんですよ」

隣いいですか、と周防が聞いた。瞳子は頷き、少し横にずれる。とすん、と周防が腰かけた。彼の匂いがする。

「どうぞ。缶コーヒー」

「あ……ありがとう」

今度はそれを受け取った。心地よいぬくもりが掌に伝わってくる。周防の方は、炭酸飲料を開けてぐいとあおった。

「それで、どうでしたか。亀山について、話は聞けました？　何か証拠になるものはありました？」

「うーん……難しいな」

瞳子は首をひねる。

「とりあえず、鶴田さんは『亀山さんは何か隠してる』とは言ってた。周防君が見せてくれた手紙と同じ態度だったよ。怪しんでる。それから海老沢さんは、リサイクルに関する話がすごくて……」

「話が聞けませんでした？」

「聞けたけど、あんまり、役に立つ情報はなかった」

「亀山本人は、どうでしたか。直接話して、何か怪しいところは」

「確信を持てるようなところは、特になかったよ。ただ、やっぱりあの家は亀山さんの名義じゃないみたい」

「ばあちゃんの手紙にあった通りですね。疑惑はより深まった」

「でも本当に放火魔で、警察から逃げて立川に潜伏しているとしたら、何だかおかしくない？　近所の人とお茶会なんてする必要はないでしょう。誰とも付き合わずに、静かに暮らしている方がよさそうだけど」

「いや、近所の人と全く付き合わないのも、不自然じゃないですか？」

「鶴田さんには文書の代筆を頼んでいるそうだよ。自分の素性を知られたくない人が、そんなことをするかなあ？　ちょっと、無防備なんじゃ」

これにも周防は反論する。

「昔の事件からは結構な時間が経っています。その間捕まらなかったわけですから、ほとぼりは冷めたと判断したんじゃないですか。だからこそ、再び放火を始めたわけですし」

「うーん……」

瞳子は天を仰いだ。

「そうなのかなあ……もっと、複雑に絡み合っている気がするんだけど……」

「そうですか？　俺には、単純な話に思えますがね」

炭酸飲料の缶を傾けている周防を、じっと見つめる。

「あのう。瞳子さんは、顔見知りの人の中に、放火魔がいることを認めたくないだけじゃないんですか？」

「ち、違うよ」

　違う……はず。

「でも、結局のところ、俺と瞳子さんの意見が合わないのって、亀山が放火魔だと信じられるかどうか、そこですよね」

「……」

「そして瞳子さんは、証拠を探しています。放火魔の証拠を探しているんじゃない。亀山さんを疑わなくてもいい、そういう証拠を探しているんだ」

　そうなの……だろうか。

　そうかもしれない。

　周防の澄み切った目で、まっすぐに見つめられながら言われると、そんな気もしてくる。

「ねえ、瞳子さん。もういいですよ。俺、上司に睨まれても構いません。これまでに集めた情報をもって、警察に通報しましょう。職務質問かけてもらって、手荷物検査すれば亀山もボロが出るんじゃないですかね」

「……」

　正直、その可能性は高いと思った。

「もちろん、通報は俺がやりますよ。瞳子さんは無関係ってことにしましょう。問題になる人間は、少ない方がいいです」

「だけど、それじゃ周防君が……」

「大丈夫ですよ。俺はもともと、ばあちゃんに会うために郵便屋になったんです。目的は達成できてます」

白い歯を見せて、にっこりと周防が笑う。

「それに公私混同と言っても、ばあちゃんを守るため、市民を守るためですからね。何というか、情状酌量の余地があると思うんです。ね、瞳子さん」

瞳子は俯いた。

ベンチの足から伸びる影が見える。ざらざらした、砂の乗った地面が見える。

まだ蓋を開けていない缶コーヒーの熱が伝わってくる。日差しが瞳子の髪を柔らかく温めている。揺れる木漏れ日。ブランコに乗ってはしゃいでいる、二人の女の子の声。歩いてくる人の足音、犬の鳴き声、遠くでトラックがバックする音、何か炒め物の香り。

なんの変哲もない、天気のいい休日のお昼過ぎ。

「瞳子さんっ？」

視界が歪んだ。

ぽつん、と乾いた地面に水滴が落ちた。砂が水を吸い、あっという間にその輪郭を失う。

「どうしたんですか……」

涙が溢れてきた。

ぼろぼろ、ぼろぼろ、拭っても拭っても。

どうしたのかなんて、私が聞きたいよ。どうしてなんだろう。どうして泣いちゃうの。こんなに簡単に、こんなに弱く。そういう人じゃないでしょ、私は。わかんない。最近、全然自分の気持ちがわかんない。

しゃくりあげ、鼻をすすりながら、必死に瞳子は言った。

「わ、わがんないの」

横では周防が慌てている。

「な、何がですか。何がわかんないんですか」

「何だか、全部、わがんなくなってきちゃった……」

「全部？」

周防の顔は見えなかったが、心配してくれているようだ。

眼をもう一度手で拭う。きっと真っ赤になっているだろう。

「亀山さんのことも、放火犯のことも、わかんない。周防君と話しているうちに、私は、結局どうしたかったのか、わかんなくなっちゃう。こんなこと、ないのに。私、いつもやりたいことがあるはずで、わかんなくなることなんて、ないのに……」

周防が鞄の奥からハンカチを取り出し、差し出した。瞳子は首を横に振って拒絶する。

「ずっとそうなんだよ。周防君と会ってから、告白してもらってから、ずっとわからないんだ。私は付き合いたいのか、女の子扱いしてほしいのか、それとも恥ずかしいから嫌なのか、わかんないし、ミズノンが、どうしてあんな風に言ったのかもわかんないし、そもそもどうしてミズノンに相談したのかだって、全部わかんないんだよ、ミズノンにどうしてほしかったの？　私？　バカみたい、自分で自分がわかんないなんて。亀山さんだって、信じたいのか、疑いたいのか、どうしたらいいのか、もう……」

「……」

隣から伝わってくる困惑に構わず、瞳子はわめき続けた。自分の心の中を、お腹を震わせながら、全部吐き出した。

「こんなこと、なかったのに！　私、そういう人じゃないよ？　もっと自分勝手で、我儘で、いっつもお酒飲みたいとか、おでん食べたいとか、はっきりしてて、それで、それでさっ……」

もう、何も見えなかった。

目を閉じて、顔を覆って、思い切り泣いた。

「わかんない……わかんないよ、こんなこと、初めてなんだよ……」

真っ暗の世界の中で、瞳子は一人佇んでいる。

わんわん泣いている自分自身を、どこか遠くから眺めている。

子供みたい。

どうしたらいいかわからなくなって、途方に暮れて、泣いちゃうなんて。

泣くにしたって、もう少し、ほら、もっとまともな理由があるでしょう。

意味わかんない。

……。

だから自分、嫌い。

私なんか。


どれくらいの時間が過ぎただろう。

瞳子はふと、目を開いた。乾いてしまった地面が見える。先ほどと同じく、ブランコで遊ぶ女の子たちの声が聞こえる。

いつの間にか、涙は止まっていた。まぶたが少しひりひりする。

はっと顔を上げ、隣を向いた。

周防がこちらをじっと見つめていた。

眉を八の字にして、口をきゅっと一文字に結んで。その瞳は少し、潤んでいる。悲しそうな顔？　いや、違う。

「瞳子さん。大変だったんですね」

同情。いや、共感。いや……。

「でも、自分一人で頑張りすぎですよ。だから、そうなっちゃうんですよ。頼ってください、俺を。俺は、味方ですよ？」

昔、水野にも言われた言葉だ。だが、周防の表現は少し違った。

「俺、そんなに頼りないですか……？」

その言葉と共に、周防の右目からつうと、弧を描いて涙が落ちた。それだけだった。かすかに唇が震えただけで、それ以上周防は泣かなかった。

ひょっとしたら、これが愛情なのだろうか。

誰かのために涙を流せる、そんな気持ち。

「今こんなこと言うのも、変ですけど。俺、昔一度だけ女の子と付き合ったことがあるんです。地元の高校の同級生で。一か月くらいで振られちゃったんですけどね。手を一、二回繋いだ程度でした。でも、それでも、瞳子さんより恋愛経験あることになりますよね。大丈夫ですよ。瞳子さんが恋愛のことわかんなくても、俺、リードできますよ。何とかなりますよ、そんなの。わかんなくていいじゃないですか。一人でわかんなくても、二人で何とかするために、人は付き合うんでしょ」

つっかえつっかえ、時々考え込みながら、周防は話し続ける。

「俺だって、色々努力してきたんです。自分で言うのってカッコ悪いですけど、俺、ずっと空手やってて。黒帯も取りました。少年部じゃなくて、一般部の黒帯ですよ。本当に俺、放火魔が出てきたら瞳子さんのこと、守れますから。そりゃ、そんなにごつくないし、それにチビだけど……でも小さいなりに、俺、強いですよ」

一生懸命だった。周防は一生懸命、自分が頼れる男であると説明していた。

「高校の時だって、俺が家族養ってたんです。いやすみません、それは言い過ぎましたかね……でも、家計の七割くらいは俺がバイトで稼ぎ出してました。だって、俺、男ですから。姉ちゃんいますけど、でも俺が長男ですから。こう見えて俺、結構仕事できるっていうか、上の人に可愛がってもらえるんです」

その説明は自慢とか、アピールとは少し違った。根底にあるのは、瞳子を安心させたいという思い、それだけのように思えた。

「だから平気ですよ。郵便局、クビになったって、俺新しい仕事見つけます。二人でクビになったって大丈夫。俺が養いますよ。ね。瞳子さん、いいんです。わかんなくたって、いいんです。自分だけでやろうとしなくて、いいんですよ。犯人探しだって、恋愛だって、人生だって、全部、全部！」

瞳子の腕をつかみ、周防は力強く言った。まだ少年の面影が残るその頬が赤く染まっている。

「周防君……」

やや高めの声、そして瞳子とさほど変わらない身長。そんな周防が、とても大きく見えた。

わかんなくたって、いい。

そう言われて、落ち着いてくる。あんなに波打ち風に吹かれていた心が凪ぎ、周防の言葉が落ちるたびに水面に心地よい同心円が描かれる。

「ありがとう」

頭を下げ、礼をしたつもりだった。

しかし、周防は力説のあまり、ぎりぎりまで瞳子に顔を近づけていた。あっと思った時にはもう遅い。こつん。二人のおでこがぶつかってしまった。

目を白黒させる周防。何が起きたかわからず、瞳子は額を押さえて瞬きする。

「ぷっ……」

周防が吹き出し、くすくすと笑った。

真面目なのに、もう。

二人の座るベンチの向こう、ブランコの下では女の子たちがこちらを指さして何かひそひそ呟き、にやにやしている。仲の良い恋人同士に見えているのかもしれない。そして、そのさらに向こうの道路を見た時……。

瞳子の時間が止まった。

水野が立っていた。

瞳孔(どうこう)が開き、心臓がどくどくと脈打つ。

間違いない。あの背格好、あの寝ぐせ気味の髪、そしてちょっと冷たい目。水野だった。

水野は通りを挟んだバス停で、佇んでいた。ケータイをいじるスーツ姿の女性、男の子と一緒のお婆さんに続いて、並んでいる。まるで山歩きにでも行くような、水野の私物が丸ごと入ってしまいそうな、樽みたいに大きい茶色のボストンバッグを担いでいる。使い古されてぼろぼろだったが、頑丈そうだった。

息を呑む。

水野は瞳子の街に突然やってきた。どこか遠くから、たった一人で、渡り鳥のように。同じように、突然いなくなってしまう。彼は生来旅人なのだ。故郷で負った傷を抱えたまま、一つ所に留まらず暮らし続けてきたのだ。それが今はっきりとわかり、瞳子の喉はかすかに震えた。

　ミズノン……。

　瞳子の動揺と裏腹に、水野は落ち着いたものだった。こちらを見ている。ぼんやりと眺めている。ベンチで顔を近づけている瞳子と周防を、見ている。いつもの無表情。瞳子のことをわかっているのだろうか、気づいていないのだろうか。風が、かすかに水野の髪と、街路樹の葉を揺らした。

「あっ」

　思わず瞳子は声を出した。

　水野が一つ頷いた。それから微笑み、そして軽く右手を上げてみせた。瞳子を見つめたまま。

　今まで見た中で、一番優しい顔だった。

　公園。ブランコ。フェンス。植木。アスファルト。駐車場。標識。横断歩道。通行人、車、バイク……すべてが消え去っていく。見えていたはずのあらゆるものが消滅し、ただ水野だけ、水野たった一人だけが視界にいっぱいになって。

　身動きできなかった。

　ぴくりとでも動くことで何かがばらばらに砕け散ってしまうような気がして、恐ろしくて、瞳子は凍り付いたように動けなかった。

「瞳子さん、どうしました？」

　不思議そうに横から顔を出した周防に一瞬気を取られる。その周防を押しのけ、ベンチから立ち上がり、もう一度バス停を見た。

水野はもういなかった。

そこにはただ、バスが一台止まっていた。そして、見つめる瞳子の前で走り出し、あっという間にビルの陰に消えていった。

嘘みたいに、あっけなかった。

〒

ばあちゃんへ
手紙、読みました。本名も教えてくれて、嬉しかった。ばあちゃんは会う気はないとのことですけど、俺は嫌です。

会って失望なんかしない。ばあちゃんと会えるんなら、それだけでいい。風貌が変わっているのは当たり前です、時間が何年も過ぎているんですから。

ばあちゃん、不安に思わないでください。俺は強くなりました。もう一人前の男なんです。ばあちゃんを守れるようになったんです。

そして、一人の大人として、俺の意見も聞いてください。

焚き火婆が近くに住んでいるとしたら、俺の心配をしている場合じゃありませんよ。危険なのは、ばあちゃんです。いいですか。俺が助けます。

一緒に住みましょう。うちの親とも、同居すればいい。俺が間は取り持ちます。過去は水に流して、新しく、家族としてやっていきましょう。

俺はやります。

ばあちゃんを助け出します。待っていてください。名前がわかったおかげで、住所ももう、わかりました。今は俺、受け入れ態勢を作ってます。少しだけ準備させてください。それから、迎えに行きますよ。

もうそこで、一人ぼっちで暮らす必要はないんです。

そうだ、近況報告もしておきます。

俺、好きな人ができました。職場の先輩なんですけれど、とってもいい人で、しかも俺とちょっと境遇が似ているんです。明るくて、元気で、優秀な人です。まだＯＫの返事は貰っていないんですが、うまくいったら今度紹介します。きっとばあちゃんにも気に入ってもらえると思う。

気が早いかもしれないけれど、結婚式をすることになったら、ぜひ招待させてくださいね。

では、お元気で。会える日を楽しみにしています。

周防　律

〒

「なんか機嫌いいね、鶴ちゃん」

いつものように紅茶をすすりながら、亀山は言った。

「え？　そうかな」

「孫からの手紙に、何かいいことでも書いてあったってわけ？」

「いやいや、亀ちゃんこそ。また手紙来て、良かったね」

鶴田は、亀山の家の壁に新しく貼られた便箋を眺めて言う。

「まあね。鶴ちゃん、この手紙、また読んでみてくれない。最初の方だけでいいから」

「嫌だよ。何で読まされなきゃなんないの」

ほのかな緊張感がほとばしる。鶴田の口元は笑っているが、目は相手を静かに見つめている。海老沢はぼーっと、亀山の家の壁に貼られた便箋を眺めていた。羨ましそうに、どこか寂しげに。

「じゃあ、みんな手紙をもらってご機嫌ってことね、今日は」

亀山がそう言ってまとめると、鶴田と海老沢が頷く。

「手紙でいちいちご機嫌になっちゃうのも、単純だけどねえ」

「仕方ないよ。待ち望んでるわけだから」

「海老ちゃんは、お孫さんと会ったりはしないの？」

一瞬、海老沢の表情が暗くなった。

「……ちょっとね。相手も忙しいから、なかなか」

「なるほどねえ」

海老沢は慌てて補足する。

「昔はよく会ってたんだけどね。最近ほら、受験とか、ほら、他にも、ええと就活とか、色々あるじゃない……だからこっちから断るようにしてるのよ。余計な雑念を与えたくないからね」

「あれ、海老ちゃんのお孫さんって、小学生くらいじゃなかった？」

「別の孫よ。うち、いっぱいいるから」

いっぱいいるのに、なかなか会えないの？

反射的にそう聞きそうになったが、さすがに堪（こら）えた。「亀ちゃんはどうなの？」そう聞かれたら、何も言えないからだ。

亀山も、鶴田も、海老沢も、手紙で孫と繋がっている。

しかし、手紙でしか繋がっていない。鶴田も海老沢も孫に会いに行ったり、遊びに来ているところは見たことがない。

結局、似たもの同士なのだ。群れるとは、舐め合える傷があるということでもあり、適度に優越感を分け合えるということでもある。

みな、それぞれに事情があるのだろう、自分と同じように。そこに立ち入るべきではない、自分の事情も探られたくないから。亀山は二人を眺めてそう思い、ごくりと紅茶を飲んだ。

ごほっ、と一つ咳き込む。喉の奥がいがらっぽい。

「ちょっと失礼」

キッチンの隅に置いた缶から、レモンのショウガ煮を取り出す。喉にはこれがよく効く。口に入れ、飴のようにしゃぶった。その様を見ていた鶴田が言う。

「大丈夫？　最近の風邪は喉から来るらしいよ。早めに病院行った方がいい」

亀山は微笑み、首を横に振る。

「私、病院苦手だから」

きょとんとする鶴田。

「亀ちゃん、前もそんなこと言ってたよね。一か月くらい具合悪くても行かなかったりとか、どれだけ嫌なのかって」

「本当に苦手なんだよ」

「ふふふ、亀ちゃんにも、怖いものがあるんだね」

海老沢が笑う。鶴田がふざけた調子で言った。

「長いこと辛い思いするくらいなら、パッと行っちゃった方がいいと思うけど。あ、わかった。海老ちゃん、あれよ、亀ちゃんには何か病院に行けない理由があるんじゃない」

「え、そうなの？」

「そうそう。父親の遺言で、絶対に医者には行くなと言われてるとか。消毒薬の匂いを嗅ぐと、気絶しちゃうとか。追われる身で、手がかりを残したくないとか……そうでしょ」

目の前が赤く染まり、拳に力がこもった。

気が付くと、海老沢が黙り込んで震えていた。鶴田も怯えたように顔を伏せている。

自分の顔が硬直している。恐ろしい表情で、怒りを込めて、鶴田を睨みつけているのがわかった。

「亀ちゃん……何よ。ただの冗談じゃない」

「あ、うん……そうだね」

慌てて顔面をゆるめて、ぎこちなく微笑んでみせる。

だが、気まずい空気が満ち、それはお茶会が終わるまで解消されることはなかった。


夕暮れ時。亀山はドアを開け、あたりの様子を窺った。

大丈夫。誰の気配もない。特に鶴田や海老沢には見つかりたくなかった。そっと扉を閉じて鍵をし、足音を忍ばせて階段を下りる。

向かう先は、通りのさらに向こうのコンビニだ。一番近くのコンビニだと、やはり鶴田たちと出くわす可能性がある。

空は鮮やかな赤紫。対し、道路はすでに藍色に染まっている。行きかう人の顔は見えない。商店街は早くも電飾を点灯させていた。亀山のことを気にしている人間などいないはずだが、それでも頭からフードをかぶり、やや俯き気味で早足に歩いた。

白く明るい光に満ちたコンビニで、いくつかの物品を買う。軽めのタバコも一つ。

「袋はご一緒でよろしいですか」

「はい。あ、あと、ライター一つ」

最後にそう付け加え、百円ライターを購入する。ビニール袋を懐にしまい込むと、やはり俯いたまま団地の近くの公園へと向かった。

中心で電灯が一つぼんやりと光っている。誰の姿もない。

ブランコ。砂場。滑り台。止まっている噴水……。

少し冷たい風がひゅうと通り抜けていく。

ため息をつき、ベンチまで歩くと、腰を下ろした。

ふう。

この時間、ベンチに静かに座っていると、闇と同化できるような気がする。昼間はもちろん、夜中よりも、人と世界との境界が曖昧になる時。亀山はこの時間が好きだった。公園の近くの道を行きかう人はいるが、誰も亀山に目もくれない。

このまま時間が止まってしまえば、楽なのに。

そんなことを思った。この時間、この場所は、亀山にとっては聖域であった。

「うーい」

思わず顔をしかめる。聖域に、厄介者(やっかいもの)が足を踏み入れてきた。

「ひっく。うー。ひっく」

しゃっくりを繰り返しながら、人影が覚束(おぼつか)ない足取りで公園に入ってくる。公衆便所の近くでよろめき、ごんと壁に頭をぶつけていた。

亀山はため息をついた。

たまにいるのだ、こういう酔っ払いが。ひどい奴だと、その辺にゴミだとか、吐しゃ物をまき散らしていくこともある。迷惑極まりない。見ないふりをしている間に、どこかへ行ってくれないかな。これから、一人で時間を過ごそうとしているのに。

そんな亀山の願いとは裏腹に、そいつは徐々に近づいてきた。何というテンプレート通りの酔っ払いだろう。片手にはコンビニのビニール袋。もう片手にはビールの缶。そして口からは、スルメの足が飛び出していた。これでネクタイを頭に巻いていれば完璧だが。居酒屋行けよ、もう。

先にいたのはこっちだが、面倒なことになる前に場所を変えた方がよさそうだ。腰を上げかけた時、酔っ払いが話しかけてきた。

「ちょっとお。ねえ、何してんのお。ひょっとして、火ぃつけようとしてませんよねえ。最近多いんですよ、放火する人が、ねえ、あなた本当に放火魔なんですかあ、亀山さん」

思わずそいつの顔を見る。どうして、私の名前を知っているんだ。

「あ……あんたは」

「ちょっとお、横いいですか。一緒に飲みましょうよ。知らない仲でもあるまいしい」

ダミ声と、あまりにどうしようもない酔い方のせいですぐには信じられなかった。

「と、瞳子ちゃん……」

「おうよ！」

瞳子は真っ赤な顔で頷くと、どすんと亀山の横に腰を下ろした。

「おお、いいじゃないですか、アサヒスーパードライ！　最高ですよ。渋い。エビスとかはね、あれはちょっと敵ですからね。高いんですよね。格差社会の申し子ってやつですよね。その点、スーパードライを飲む人ってね、信用できますよね」

　勝手に亀山の買ってきたコンビニ袋を漁り、中身をチェックする瞳子。

「まあ、私はお酒ならなんでもいいんだけど」

「そうですよね。そうなんですよ。言わせてもらえますか。もっとひどいのはね、チューハイとかああいうやつ。それもほら、あるじゃないですか、綺麗目女子のフルーツカクテルとか、あんなの売るってのは冒涜なんですよ、私みたいなのは女だと認めないって、広告会社が主張してんですよお。違うでしょ。果実じゃなくて麦でしょ、米でしょ、芋でしょ！　穀物でしょお。ちくしょう広告代理店め。その手に乗るかよお。ジェンダーだ。ジェンダーの押し付けだ！　ジェンダーなんかジェンジェンいらないんダー……ってなもんだ」

　瞳子は支離滅裂な理屈を振りかざし、つまらないダジャレを繰り出している。呆気に取られてしまい、追い払う気にもならない。

「ちょっとあんた、酔っ払いすぎじゃないの」

「らあいじょうぶ、らいじょうぶ。まだまだいけますよ。きゃはは！」

　プシッ。新しいビールの缶を開け、瞳子は元気よく口に持っていく。

　昼前にお菓子を持ってきてくれた時は、こんなじゃなかったのに。あれから今までに、一体何があったのか。

「まあいいや。私も飲む」

「かーんぱーい！」

亀山も缶を開くと、瞳子がかつんと缶を合わせてきた。苦笑しつつ、亀山も中の液体を喉に流し込んだ。苦みと、その奥にある滋味が心地よい。そしてあとからやってくるアルコール感。喉と食道がじんわりと熱くなる。

「珍しいですね。亀山さんがここで、飲んでるなんて」

「まあ、たまにはね。瞳子ちゃんはよく路上で飲んでそうだけど」

瞳子は大股開きに座り、不規則に頭を揺らしている。

「アハハ、んなわけないですよ。行きつけの店があるんですけどね、ちょっと事情があって行けなくって」

「事情？」

「そう！　聞いてくださいよ！　水野ってやつがいてぇ。あ、私の後輩です、そいつがそこで働いてんですけど、やめたんですよぉ。意味わかんなくないですか？」

「うん、何か全体的に意味わかんない」

「でしょう？　そんでね、モッチーがね、あ、そこの店主ですけどぉ、残念がってんですよ。見どころあるやつだったのにって。ハーッ？　って話です。そんなん私だってそうなわけですよ。あいつの漬物、どちゃくそうまいんですから。でね、でね、お前なんかしたのかって、私のせいにしてくるんですよ。一応水野の連絡先預かってるから、お前からも連絡してみろって。ほらこれ！」

瞳子は左の掌を広げた。そこにはマジックペンで電話番号がメモされている。

「知るかよ！　って思いませんか。私が何かしたって、そんなん知らんよってんですよ。つうかあ、聞きたいのはこっちだっての！　私が何したっていうんですかね？」

ぶんぶん、と手を振り回す瞳子。

「うん……そう」

「ね、だからそんなとこで飲めませんよ。モッチーがどうせうじゃうじゃ聞いてくるに決まってるし。あいつ、聞き方がうじゃいんですよ。わかります？　うざいじゃなくて、うじゃいの。でも別にい、他に行く店の当てもないしい、家でも飲むのもあれだし、だったらもう、そのへんで飲むってなもんですよ、私は！　うおお」

この郵便配達人、ややこしい酔い方をするタイプだったようだ。

「ぶはは」

まあ、いいか。こんなのも、今日が最後と思えば楽しく感じる。亀山は笑い、そして瞳子と同じだけ酔っぱらってやろうとばかり、酒を口に含んだ。

ほんの数十分後。ベンチではぐでんぐでんに酔っぱらった二人が、人目も気にせず大声で会話していた。

「そういうことか、つまり告白されたってことをその水野君に伝えたら、どこかに旅に出ちゃったわけねー」

「そう！　そうなんです。意味わかんなくないですか？　告白されたらおでん屋やめて旅に出るとか、どんなピタゴラスイッチだよって」

「色々あんのよ、瞳子ちゃん、世の中は。風邪を引いたらオケラが儲かるとか、何かそんな感じのやつが」

　通行人は二人に目もくれない。いや、むしろ避けて通っている。近くのアパートで、迷惑そうな顔をした女性が勢いよく窓を閉じた。

「ちっくしょう、ミズノンめえ！　ややこしいことしやがってえ」

　カーン。アルミ缶が蹴っ飛ばされる音。

「でもさあ、瞳子ちゃん。結局、どうすんの。電話するの？　その水野って人に。それとも、その周防って子と付き合うの？」

「なんでそういう話になるんですか」

「いや、最初っからこれは、そういう話でしょ」

「えー？　そうなのお？」

「そうだって。自分がどうしたいのか、ちゃんと伝えないから、男がそうやってスネちゃうわけじゃん。さっさと電話して、呼び戻して、接吻（せっぷん）しなよ」

「うえ？　なんで、なんで？」

「恋愛の主導権なんて女にあるんだから、適当にじらしたらあとは決めちゃえばいいだけでしょ。若いころの私だったら、いい男は逃がさないけどね」

どうやら今度は亀山が酔いのピークを迎えつつあるようだった。瞳子は急に恥ずかしそうに俯き、ぼそぼそと言う。

「私……そういうの、恥ずかしいんですよ」

「なんで？　初めてだから？」

「よくわかんないんですよ！　手を繋ぐとか、キスするとか、イチャイチャするとか、よくわかんないんです。別にそういうことしたいわけじゃないっていうか。そんなのより、お酒飲んで騒いでたいっていうか。私、女失格なんです」

「はあ？　何言ってんの、あんた」

「でも、周防君と一緒だと、何だか導かれるっていうか、こういう風にしていけばこんな私でも恋愛できるんじゃないかって気になってくるんですよ。だけど、それはそれでどうなんだろって。相手に引っ張られて、自分がなくなっちゃうみたいで。ていうかあ、周防君に告白されると、ミズノンがいなくなっちゃうし……」

「面倒くさいなあ。どうしたいのさ、結局」

「どうしたいって……」

瞳子がきょとんとする。

「フェミニストの年下とイチャイチャするのもよし。相変わらずの感じで、ずーっとお酒飲んで騒いでたっていいでしょ。どうしたいかって聞いてんの」

「お酒飲んで騒いでていいんですか？　でも、男の人って、それだけじゃ我慢できないんじゃないですか。私を女として見てくれる周防君を、逃しちゃいけないんじゃないかって」

「童貞みたいなこと言うな！」

「ええっ？」

亀山はバキバキと缶を握りつぶしながら、ぐいっと身を乗り出した。

「どっかで読んだ『恋愛の教科書』に振り回されてんじゃないよ。あんたには、あんたの恋愛があるんだ。お酒飲んで騒ぐ奴には、そいつなりのイチャイチャがある」

「ありませんよ。今までだってなかったもの。私、そもそも女扱いされてないんです」

「女扱いされようがされまいが、あんた生物学的に女なんだろ？　予言してあげるよ。そのまま、あんたは何も変えないまま、自然とキスして、手を繋いで、男と恋人同士になる時が来る」

「そんな時、来ませんよ！」

「いーや、来るね。間違いなく来る。あんたはただ、それを最初から諦めているだけだよ」

亀山は言い切った。

「諦めて、いるだけ……」

「で、あんたは結局どうしたいのさ。今、何がしたいのさ。自分の気持ちに素直になってみな。ほれ、言ってみな。それが一番大事だろ」

「そうですね……」

瞳子は考え込む。ゆっくりと、長い時間考えてから、亀山に向き直った。

「……私は、確かめたいです」

「ん？　何を？」

決意を秘めた表情。酒臭く、顔は赤らんでいて、呂律は回っていなかったが……それでも、そこには言葉を放つ覚悟があった。

『焚き火婆』と呼ばれている放火犯が誰なのか。そして、亀山さんは放火犯なのかどうか。私は、確かめたい。それが今、素直に、やりたいことです」

「……ほー」

まさか、こんな形で正面から疑問をぶつけられるとは。

亀山は思わず薄笑いを浮かべた。

三

周防は首に巻いたタオルで、額に浮かんだ汗を拭いた。

「とりあえず、これでいいかな」

室内を見回す。狭いワンルームの部屋だが、机と戸棚を奥に持っていくことで、何とか二人分のスペースが確保できた。戸棚はかなり開けにくくなってしまったが。

「ベッドはばあちゃんで……こっちの布団が俺。ばあちゃんの荷物はこっちに置いてもらって、そんで飯はここで食べれば、わりと余裕があるし……うん、よし」

独り言を言って一人で頷く。

あとはばあちゃんに来てもらうだけだ。あまり二人で生活するには向いていないけれど、とりあえずは何とかなる。とにかく、ばあちゃんをここに避難させる。それから、警察に亀山を捕まえてもらう。

あとのことは危険が去ったら考えよう。ばあちゃんに実家に来てもらうか、それとも団地に戻るか……ゆっくり相談すればいい。

うん、ともう一度頷いてから、ふと瞳子のことを思った。

瞳子さんは大丈夫だろうか。

どうしても一人でお酒を飲みに行きたい、と言って、まだ日の高いうちから繁華街の方へ消えていった瞳子さん。相変わらずよくわからない。

しかし彼女が彼女なりに、恋愛についても、事件についても、考えを前に進めようとしているのは間違いなかった。

携帯電話を取り、画面を見つめる。そこには何の表示もない。

……ということは、大丈夫なのだろう。

何か行動を起こすことになったら連絡をくれ、と言ってある。ここは彼女を信じるしかない。

瞳子さんは、亀山が放火魔だと受け入れられないんだ。だからわざわざ直接聞き込みに行ったし、それでも気が済まず、一人で酒を飲みに行った。自分に言い聞かせる時間が必要なんだろう。そういう人なんだ。

彼女のペースを尊重しよう。

できるだけ、瞳子さんの希望に沿うようにしよう。

周防は自分にそう言い聞かせた。

〒

「結局、信じるかどうかだよ。私が放火魔かどうか、信じるに足るかどうか、瞳子ちゃんが決めな」

亀山は俯いたままそう答える。

「どうしてそんなこと、言うんですか？」

瞳子の酒は、少しずつ抜けてきているようだ。顔は依然（いぜん）として赤く、息もビール臭いが、言葉ははっきりしてきた。

「亀山さん、信じてって言ってくださいよ。放火魔じゃないって、言ってくださいよ」

「言ってどうなるのさ？　無駄だよ」

「亀山さんを疑っている人がいるんです。私もかばいきれないかもしれません」

「いいよ。私のことはほっておいておくれ」

「じゃあ、どうするんですか。このまま……」

ぐい、とビールの缶を煽る。残りはほとんどない。

「えっ？」

瞳子が固まった。

「身辺がきな臭くなってきた時点で、そのつもりだった。また別の場所へ行くだけ。これまでもそうしてきたんだ。私はね、こんなに飲むことはめったにないのさ。でも今日は飲む。なぜだかわかる？　今日は別れの酒だからだよ」

「……でも、ナナミさんの名義の家は……」

「ナナミを使って借りた場所は、まだいくつかある。逃げ場所は確保してるんだ、私は頭がいいから」

瞳子はしばらく黙り込む。彼女の方を見はしなかったが、鋭く視線が向けられているのを感じた。

「……ナナミさんは、今どうしてらっしゃるんですか」

「ナナミは死んだよ」

「えっ。どうして」

「さあね。無茶な働き方してたから、そのせいだろう。最後は肝臓を悪くしてね。私と出会ってから、あいつはただ搾（しぼ）り取られ、奪われるだけの人生だった。私に金を運ぶ、働き蟻だった。奴隷さ。あいつは奴隷だった」

吐き捨てるように言う。

「亀山さん……ナナミさんに、悪いとは思わないんですか」

「瞳子ちゃん。いつか、言っただろう。人の価値観なんて全然違うって」

「はい。それは聞きましたが」

「ナナミが、あいつが死ぬときになんて言ったと思う？　ありがとう、そう言ったんだ。バカな私と一緒にいてくれて、私のお金を有効に使ってくれて、本当にありがとう、おかげで今まで生きてこれた、そう言ったんだよ」

「えっ……」

亀山は自虐的に口角を上げた。

「どこまでバカなんだろうね、あいつは。私はあんたを金を稼いでくる便利な人間としか思ってなかったよ、そう伝えてやった。そうしたら、そんなの関係ないってさ。感謝してるのは事実だと言われたよ」

瞳子が息を呑む音。

「理解不能だろ。確かにあいつとは一緒に住んだし、色々と面倒を見てやったこともある。だけど、それは金蔓だったからだ。もっと金を奪い取るために、あいつを煽ててきただけだ。それ以上のことは一切、していない。私はただ、悪に徹してきたし、それでいいと思っていた。感謝などされない生き方を選んできた」

ふん、と鼻息。

「そんな私に感謝して逝くとはねえ」

「それは……本当ですか」

「はは。今更嘘ついて、何か意味ある？」

亀山はベンチにもたれて空を見た。闇の中に微かに星が瞬いている。

「私は金を奪った。あいつは奪われた。私とナナミは、それだけで繋がっていた。私にとっては奴隷だったけど、ナナミは絆を見出していた。絆、それは自己満足にすぎない。通じ合えなくても、分かり合えなくても、本人が信じていれば絆は生まれるのだと知った」

亀山は煙草を取り出し、くわえる。

「人は悪になろうとしてもなりきれない。なぜなら勝手にそこに善を見出すバカがいるから。同じように、善になりきることもできない。放火魔だろうと、警察だろうと、誰だって正義と悪を腹の底に飼っている……ナナミは、そう私に教えて、いなくなった」

ライターがない。ポケットをごそごそと漁る。忘れてきたようだ。やむなく、亀山はただ煙草をくわえたまま、瞳子を見た。

「だから、放火魔も悪人とは限らないと、亀山さんは言うんですか」

瞳子の声は震えている。

「いや、そこまでは言わない。ただ、わからないんだ。どう扱っていいか、わからない。私の考える善や悪は、当てにならないと知ってしまったからね。ナナミが生きていた頃の方が、善と悪という道に縋（すが）っていられた。少なくともまだ理屈があった。私が奪い、ナナミは奪われると思っていた。今は、どう考えたらいいのかわからない。私が奪ったことで、ナナミが何かを得たとするなら、私はこれからどうしたらいいのかね。他人と、どう接していけばいいんだろうね。自分の軸を失って、ただ迷走するばかり」

　大きなため息。

「……結局、戻ったわけだ。人生のチケットを貰えずに生まれてきて、どうしたらいいかわからなかったあの頃に、戻っちまった」

「亀山さん」

「結局、こういう生き方なんだよ私は。素直に正義に浸れる、瞳子ちゃんが羨ましい。嫌味じゃないよ。本当にそう思う」

「私には、わかりません……亀山さんの考えが、わかりません」

「わかろうとしても無駄なんだよ。他人同士で、違う人種同士で、わかろうとしたって仕方ないんだ」

「私と亀山さんは、違う人種ですか」

「そうさ……違う人種だよ。生まれてきた時から、そう決まっているんだ。そしてそれは未来永劫、変わらないいんだ」

　意味もなく煙草のフィルターをくわえて、空気を吸ってみた。乾いた香りだけが口腔に入ってくる。横で、瞳子はまだ何か言いたそうにしていた。だが、このあたりで切り上げよう。亀山は何も言わずに立ち上がった。さよならを言えば辛くなりそうだったから。私も瞳子ちゃんと話すこの時間を、それなりに楽しんでいたということか。

「悪いけどゴミ捨て、任せるよ」

ベンチと、その上に並んだ空き缶たちに背を向け、亀山は団地へと歩き出した。背後から声が聞こえたが、無視した。

〒

明日、ばあちゃんを迎えに行くぞ。

周防は自分の顔を、ぱんと叩いて鏡を覗き込んだ。まず、会ったらこれまでのお礼を言おう。それから、俺は立派になったよって言って、安心させてやるんだ。喜んでくれるだろうか。

何だか緊張してきた。実際に会ったら、どうなるのだろう。気まずいものだろうか。それとも、あっという間に打ち解けられるのか。そんなに不安はない。身内なのだから、何とかなるだろう。

周防は紐を引っ張って室内灯を消し、布団の中にもぐり込んだ。

その時携帯電話が振動した。室内が青白い光で照らされる。

誰だろう、こんな時間に……。

画面を見ると、瞳子からだった。周防は瞼（まぶた）をこすりながら、電話に出た。

「もしもし。瞳子さんですか」

「や。周防君……」

瞳子は疲れた声をしていた。

「どうしたんです？　こんな時間に」

「ううん……何となく……特に用事はないんだけど」

「？　結構遅くまで飲んでたんですね」

「飲みはもう少し前に終わったけど、ちょっと考え込んでた」

「こんな時間に外にいたら、危ないですよ。どれくらい飲んだんですか」

時刻はもうすぐ朝の三時になる。かちゃかちゃと金属が接触するような音がする。電話の向こうで後片付けでもしているようだ。

「ええと、缶ビール八本に、ノンアルコールビール一本、ワンカップ四つ、ポケットサイズのワイン一つに、つまみにスルメ、ポテチ、パックのヤキトリにまぐろ缶、プリン……」

「ええっ？　そんなに、一人でですか？」

周防は絶句する。

「ううん、二人で」

「えっ。誰とですか……」

思わず語尾が掻き消えた周防の質問は、瞳子に届かなかったらしい。独り言のように声が聞こえてくる。

「……そうだよ。二人で飲んだんだよ」

「瞳子さん？」

「そうだよ。私が買ってきたものと。あの人が買ってきたものと。大して違いはないじゃないか。同じようなものを買って、食べて、飲んで、分け合った……」

「もしもし」

「一緒に話して、考えて。酔っぱらって、気持ちよくなって。同じ公園で、同じベンチで、隣に座って……それで……それで、違う人種なわけが、ないじゃないか！」

唐突に怒鳴られる。

「どうしたんですか、瞳子さん。まだ酔ってます？」

「私はそう思う。誰がなんと言おうと、そう思うんだ。いっぱい考えたけど、やっぱりわからなかった。なら、しょうがないじゃない。わからないんだから、自分が思うようにやるしかないんだよ。周防君！」

「は、はい？」

凛（りん）と通る声に、思わず直立不動になる。

「明日、いや、今時間ある？」

「はい、一応。でも俺、明日はばあちゃんを迎えに行こうかと……」

「手伝ってほしいの。私一人じゃ無理だと思うから。今からお金と防寒着と携帯の充電器と、それからおばあちゃんとの手紙持って、団地前の公園に来て」

「今からですか？」

「早く。亀山さんはいつ、いなくなるかわからない。とりあえず私一人でここで張ってるから、早く来て。ああ、もう、これ、先輩命令ね！」

亀山がいなくなる？　周防の体に緊張が走る。

「やつが、高飛びするってことですか」

「そう。ここで行かせちゃだめだ。絶対に逃がすもんか！」

どういうわけか、瞳子は急にやる気になったらしい。戸惑いながらも、周防は応じた。

「わかりました。すぐに行きます」

放火魔と対峙するとなれば、瞳子一人にやらせるわけにはいかない。周防は寝間着を脱ぎ捨てると、すぐにジャージを身に着け、最低限のものだけを取って飛び出した。

夜明け前の街へ。

三

「前の車、追ってください！」

自分の人生で、こんな言葉を発する時が来るとは思わなかった。そんなことを思いながら、瞳子は道路のはるか先を指さす。痩せた男の運転手がウエッと変な声を出した。

「前の車って、あの、今にも向こうの交差点曲がろうとしている？」

「そうです！　急いで、さあアクセル踏んで！」

「は、はいっ」

タクシーが急発進する。亀山が乗ったタクシーとの距離は、八百メートルくらいだろうか。

交通量が少ない時間帯だから、追いつけないこともない。すぐにタクシーが拾えてラッキーだった。

　着実に前の車との距離が縮まっているのを確認しながら、瞳子は携帯電話を耳に当てる。

「あ、周防君？　ごめん、ちょっと事情が変わった。亀山さん、もう動き出したの。うん、大きめの荷物一つと、ハンドバッグだけ持ってタクシーに乗った。今、追いかけてる。え？　それはまだわかんない。長距離バスか、新幹線か、あるいは飛行機か……わかり次第、連絡するからそっちに来て」

　運転手がミラー越しにこちらをちらちらと見ている。

「うん。いや、あれは間違いないよ。遠くに逃げようとしてる。部屋はそのままだよ。でもさ、後日誰か人をよこしたっていいし、初めからいらないものだけ置いていたかもしれないし……なんとでもなるもの。夜逃げってのは、そういうもんでしょ。うん、よく考えれば物が少ない部屋だった。仮の住まいと割り切っていたのかもしれないね……」

　瞳子は構わず話した。

「え？　あ、そっか！　万が一国際線に乗られたら、パスポートがないと追いかけられないか。周防君、持ってる？　じゃあ、念のため持ってきて。あとごめん、私のも持ってきて。住所伝えるから、そんで玄関前の植木鉢の下に鍵入ってるから、で、机の中。急いで！　うん。また連絡するね」

　通話を切り、住所を記載したメールを周防に送ってから、携帯電話をポケットにしまう。

運転手は戸惑いながらも趣旨は理解したようで、早くも亀山のタクシーを射程に捕らえ、つかず離れずの距離を保って尾行していた。夜の立川を二台の車が疾走する。

「お客さん、警察の方？」

「あ。えーと、そうではないんですけど」

「え？　違うの？　じゃあ何」

しがない郵便配達人です、などとは言えない。

「み、身分は明かせませんが、怪しい者ではありません」

いかにも怪しい者が言いそうなセリフだと思ったが、運転手はむしろ気に入ったようだった。

「あ、わかった、探偵だ！　なるほどねえ、若いのに大変だねえ。よっしゃ、おっちゃんにまかしときな」

車は青梅街道へと入り、都心に向かって走っていく。

「運転手さん、あの車どこに向かってると思います？」

「とりあえず立川駅じゃねえな」

「遠くへ行きたいはずなんです。長距離バス、新幹線、飛行機のどれかだったら、どれでしょう」

運転手は時計を確認する。

「んー……今は、四時ちょいすぎか。新幹線はなさそうだ。どうせ駅なら、中央線の始発に乗れば東京まで一本だもんな。同じ理由で長距離バスもないか。飛行機だろうよ。乗り換えを面倒がってタクシーってとこじゃないか。羽田か、成田」

「なるほど」

「おいおい……探偵なら、自分で考えろよな」

「ここから羽田までだと、どれくらいですか」

「ん？　混み具合にもよるが、一時間半かからないくらいだ」

「いや、料金の方です……」

「二万以下じゃないかな」

まずいなあ。瞳子は薄っぺらい自分の財布を開いて覗く。頼りなく皺が入った千円札と、じゃらじゃら入っている硬貨をみみっちく数えていく。

お金が足りるだろうか。もし、空港で取り逃したらどうしよう。いや、待て待て。もっと最悪のケースは、飛行機でもなく、ひたすらタクシーでどこまでも逃げられてしまう場合だ。そうなると、目玉が飛び出すくらいのお金がかかるかもしれない。

「大丈夫かい？　お客さん」

「足りる……はずです。足りなくても、あとから一人来るので、彼に借ります」

「タクシーチケットなんかは持ってないのか？　頼りにならない探偵だなあ……」

残念ながら、ただの郵便配達人なんです。

瞳子は心の中で思い、それから腕組みをして目を閉じた。

不安だった。自分の考えが正しいのか、この行動で本当に良かったのか、自信がない。確証がないのだ。進むのが怖い。タクシーの行き着いた先で、亀山さんと向かい合うのが怖い。怖いから、いつまでもただ、二つの車が走り続けていてほしいとすら思う。

　つかず離れずの距離のまま。

　何事も起きない、平和のまま。

　……もしかしたら、少し前の瞳子と、水野のように……。

　瞳子は目を開く。ほとんど信号で止まることもなく、車は進み続けている。

　でもそれじゃ、ダメなんだ。ダメなんだよ……。怖いのは仕方ない。だけど、逃げちゃダメ。前に進まなきゃ。

　タクシーはいつか到着する。決着をつける時は、必ずやってくる。自分の中に確証なんかない、保証なんか何もない。だけど一歩踏み出すしかないんだ。

　ありったけの勇気を、体中からかき集めて。

　進め。

　手が震える。緊張で汗をかいている。ポケットに手を入れ、携帯電話を掴んだ。取り落としそうになるが、必死に力を込めて、画面を睨みつける。

　怖い。でも。

　左の掌にマジックペンで書いた番号を見て、電話をかける。水野は出なかった。朝早すぎるせいだろうか。少し考えてから、非通知でかけてみた。祈るような気持ちで待つ。かすかな空気の震えとともに、コール音が消える。相手の応答はなかった。だけど、息遣いで誰がそこに立っているか、瞳子にはわかった。

出てくれると信じてた。ううん、知ってた……。

年賀配達の前日、廃墟で会おうと言った時も。あの夏、吊り橋に父さんの幻影を追いかけた時も。彼は来てくれた、私を優しく見てくれていた。

胸の奥に、ほっと温かなものが生まれて広がる。

背を押されるようにして、瞳子は言葉を絞り出した。

「ミズノン……お願い。力を貸してほしいの」

夜が明けていく。東に向かって、空が少しずつ赤く染まる方向に向かって、タクシーは走り続けた。

瞳子は前を向いていた。ただ、前だけを。

そのせいだろう。後ろからもう一台、追ってくる車がいることには、気づかなかった。

〒

鳥が鳴いている。朝からご苦労なことだ。

鶴田はむくりと布団から起き上がる。眼鏡を取ってかけ、時計を見た。五時前。

こんなに早く起きても、やることはないのだが。

台所に向かうと一杯水を飲み、ふうと息を吐いてから居間に目をやる。そこには大きめの旅行鞄が一つ。最低限の着替えや、身の回りの物などをまとめている鞄だ。

一応、災害時の緊急避難用……と自分には言い聞かせているが、本心は別だった。周防が迎えに来てくれた時に、すぐに出られるよう準備をしているのだ。鞄の中身を整理するのに合わせて、不要な家具や小物も少しずつ処分を進めている。

嬉しいのだ、やはり。

手紙には、迎えに行くと書かれていた。彼のもとに行きたくない、行ってはいけない、このまま手紙だけの関係で満足しておくべきだ、そう主張する自分も存在するが、その声は深い喜びの前に掻き消えてしまう。

こんなにも渇望（かつぼう）していたのかと、改めて思う。

カレンダーを見た。

迎えに来るのは、今日だろうか。それとも明日か、明後日か……。

誕生日を指折り数えて待つ子供のように、鶴田は日付に指を這わせた。

〒

「周防君、こっち！」

羽田空港ターミナル入口。自動ドア前で、タクシーから降りた周防を見つけると、瞳子は叫んで手を振った。

「瞳子さん」

駆け寄ってくる周防。瞳子は隣で缶コーヒーをすすっている男に頭を下げた。

「運転手さん、お待たせしました。お金が届きました！」

「瞳子さん、お金、足りなかったんですか？」

目を白黒させながらも、急いで財布を取り出す周防。運転手に料金を払い、頭を下げる。

運転手はうむ、と頷く。

「ううん、タクシーだけなら足りた。でも、別のもの買っちゃったから足りなくなっちゃったの。貯金も下ろしたんだけど、それでも無理で」

「ええっ？　一体何を買ったんです？」

「チケット！」

瞳子はまるで印籠（いんろう）でも見せるかのように二枚の航空券を掲げた。

「さあ急いで！　走って！」

そして周防の手を取り、駆け出す。

「ちょっと、どういうことです？　空港で亀山を押さえるはずじゃ？」

ロビーを突き進み、キャリーケースを引っ張る観光客の間を抜け。

「もう間に合わないの、搭乗手続きが始まってる。だから、受付の人にうまく言って、亀山さんと同じチケット買った。幸いキャンセルが出てて助かったよ。飛行機の中で捕まえるしかない」

「え？　運転手さん待たせといて、そっちを買っちゃったんですか」

周防が走りながら振り返ると、運転手がサムズアップしてこちらを見ている。白い歯を見せてにやりと笑った。

「頑張れよ、探偵たち！」

そんな声が聞こえてくる。

「な、何か勘違いされてませんか。瞳子さん、運転手さんと仲良くなったんですね」

「いいから！　走って。乗り遅れちゃう」

「そんなにギリギリなんですか。もし、乗れなかったら……」

「そしたら、次の便で追っかける！」

エスカレーターで出発ロビーへと駆け上がる。瞳子はチケットと案内板をかわるがわる見つつ、走り続けた。

息を切らせながら、周防が聞く。

「瞳子さん……一体、飛行機の行先はどこなんですか。俺、飛行機ってあまり乗ったことないから、よくわからなくて」

瞳子は答えない。それどころじゃない。本当に時間がぎりぎりなのだ。おでこににじむ冷や汗を拭いながら、慣れない空港の中を突き進む。顔は青ざめ、緊張で強張っているだろう。時間に追われた時、人は似たような顔をする。

同じように切羽詰まった顔をした空港職員が、階段の向こうから早足に歩いてきた。あたりを見回しながら、必死に大声を上げている。

「ハイルータ航空シアトル行き、五八八便にご搭乗予定のお客様、いらっしゃいませんかあ！　繰り返します。ハイルータ航空シアトル行き……」

瞳子が振り返った。

「周防君、パスポート持ってきてくれたよね」

「はい、何とか……って、え、まさか」

周防の顔色が変わる。

「ハイルータ航空シアトル行き、五八八便まもなく出発いたします、ご搭乗のお客様は……」

「はい！　はい！　乗ります、私たち乗ります！」

瞳子は手を上げて声を出した。空港職員が不審げにこちらを見た。瞳子たちは鞄も持っていなければ、服装も適当だ。あまり旅行者らしい印象ではないだろう。しかし瞳子が突き出したチケットを受け取り、確認すると、すぐに頷いて二人を見た。

「お急ぎください、こちらです」

「はい！　すみません！」

「う、嘘でしょぉ……だって、明日は朝から仕事……」

弱音を吐く周防の腕を、瞳子は問答無用とばかり引っ張った。

〒

朝を迎えつつある立川に、水野は戻ってきていた。

「ミズノン。今どこ？」

電話の向こうからの声に、不機嫌を隠さずに答える。

「立川スよ。言われた通り、団地まで来ましたよ」

「ごめんね。ありがとう」

「どうしても他に頼めないって言うから来たんです。こういうのは、もうやめてほしいスね」

大きな荷物を肩にかけ、立川第一団地、十七号棟へと向かって歩く。

「うん……あのね」

「なんですか」

「私、これからちょっとやることあるんだ。でも、終わったら、ミズノンに言いたいことがあるの」

「今言えばいいでしょ」

「それが、時間がもうなくて、これから離陸だからさ」

「……は？」

「それに、直接……顔を見て言いたいんだ。また連絡する。シアトルだから、帰るまで結構かかるかも。じゃ、行ってくるね」

電話は切れた。

水野は空を仰ぎ見る。

なんて言っていた？　聞き間違えじゃなければ……。

離陸？

〒

……シアトル？

ボーイング777（トリプルセブン）。双発機としては世界最大の巨体が、震えている。クリアランスを終え、交信をグランドへ切り替え。パイロットがエンジンスタートスイッチを押す。

ＮＯ．２、起動。補助エンジンから高圧空気がスターターに送り込まれ、巨大なメインエンジンが動き始める。燃料コントロール、運転開始。ＪｅｔＡケロシン系燃料が燃焼室へと流れ込む。点火。燃焼室内で豪火が上がる。熱く、赤く、焼けていく。発生した灼熱の高圧ガスが、けたたましい音を立てて迸り、立ちはだかるタービンを煩わしげに回転させ、ノズルから噴出した。

続いてＮＯ．１、起動。

二機のエンジンが唸りを上げ、鉄の塊を空に吹き上げるための猛烈なエネルギーを生み出していく。

だが、つけられた強力な足枷（あしかせ）は、逸る航空機をまだ地面へと留めている。

タワーから離陸許可が出た。テイクオフ。ギアブレーキが解除され、スロットルのスイッチが入る。

加速が始まった。

立ちはだかる空気の壁をぶち抜き、激しい抵抗の中を力づくで前進していく。フラップがぎしぎしと震え、二重窓が揺れた。無数の悲鳴を合わせて束ねたような風の音が、機内にも響き渡る。

その様はまるで、空を住処とする龍が、地上に縛り付けられていた怒りを爆発させているかのようだ。

座席の上で亀山も、何かに許しを請いたいような気分になる。

時速三百キロを超え、龍は上昇を始めた。みるみるうちに東京が小さくなり、車が豆粒に、ビルが玩具のようになり、そして雲を突き抜けた。眩しいほど鮮やかな雲海と、黄金色の日差し、そして紺碧(こんぺき)の空だけが広がる場所に来て、ようやく飛行機も落ち着いたらしい。高度一万メートル。水平飛行に入っていく。

亀山は一つ息を吐き、額の汗をぬぐった。

飛行機は初めてではないが、何度乗っても離陸は苦手だ。恐ろしい。お守り代わりに力強く抱きしめていたハンドバッグを膝の上に戻し、シートベルトを外した。

何とかなったようだ。

出国審査官にじろじろと顔を見られた時だけは焦ったが、結局大丈夫だった。ナナミに成りすますのにも慣れてきたということだろう。最初は北海道にでも行こうと思っていたが、ダメもとでシアトル行きにして良かった。

チケット販売の受付と話したことを思い出す。

どこでもいいから遠くに行きたい。ついでに飛行機に乗ったことは少ないから、手続きについて全部教えてくれ、乗り場までの案内も頼みたい。

あの受付の女の子、目を白黒させてたっけ……。

私にとっては、北海道もシアトルも似たようなもの。日本で生きてこられた私が、外国で生きていけないはずなどない。シアトルがアメリカのどのあたりなのかすら知らないが、関係ない。立川に来た時も、そんな気分でいた。

海外に行くのは初めてだ。入国の手続きなどはどうなっているのだろう。預けた荷物はどこで受け取ればいいのだろう？　何もかもわからない。あの荷物には、着替えがいっぱい入っているのだが。

まあいい。

亀山はハンドバッグを愛おしく撫でる。

これだけあれば、あとはどうとでもなる。現地についたら適当に住処を見つけて、お金がなくなるまでのんびりと暮らそう。滞在期間が尽きれば、そのまま不法滞在で構わない。お金が尽きたら……自分で自分の人生にけりをつければいい。

孫への手紙はどこからだって送れるし、会うつもりは最初からない。これでいいんだ。何の問題もない。立川にいたころと、何も変わりはしない。

どうせ私などを追ってくるものもいない。

機内はそれほど混んでいなかった。

亀山の隣は二つも並んで空席だったし、他にもちらほらと空きが見える。客のうち何人かは新聞を読んだりテレビを見ている。斜め後ろの人物は、アイマスクとブランケットをつけて早くも眠っているようだった。

確か、フライト時間は十時間ほどだと聞いた。

「暇だねえ」

思わずそんな言葉が、ため息と一緒に漏れ出る。太平洋の上、鉄の部屋の中で半日ほども過ごさねばならないとは。

「じゃあ、私とお話しませんか」

横に影が立った。聞き覚えのある声。亀山は目を疑った。

「あ、あんた……」

あの郵便配達人が立っていた。瞳子は怒ったような眼で、しかしそれでも口元は微笑んで、亀山をじっと見つめている。

「ここ、いいですよね。ほら」

拒絶する間もなく、瞳子は亀山の隣の空席に座った。さらにその隣に、瞳子と一緒にやってきた若い男性が頷いて座る。覚悟を決めた様子の二人の顔を見て、亀山は困惑した。一体、どこまでしつこいんだ。

さりげなく、手にしていたハンドバッグを背後に持っていき、椅子と背中の間に隠した。これだけは見られたくない。だらり、と汗が流れ出るのを感じながら、亀山は瞳子を見つめた。

「一応聞くけれど、何しに来たんだい」

亀山の問いに、瞳子は即座に答えた。

「亀山さんを、連れ戻しにきました。このままアメリカに行かれちゃ困ります」

「どうしてだい。はっきり言って、迷惑だけど」

「亀山さんを、日本で待っている人がいるからですよ。それに、亀山さんが逃げる必要はないと思うんです」

周防は瞳子の横に座りながらも、腰は半分だけ座席に乗せるに留め、重心を前に置く。すぐにでも飛び出して亀山を取り押さえられるよう備えているのだった。この状況に動揺はしていたが、それでも日頃の練習の成果か、体は試合前のように準備万端だ。亀山の一挙手一投足も見逃さない。乾いた室内で瞬きも惜しみ、周防は亀山を睨みつけていた。

「誰が待っているんだよ。瞳子ちゃんが、なんて言いぐさはやめてくれよ」

「もちろん私だって待ってますよ。猫助もね。またベンチで、お話したいですから」

相手は放火魔、焚き火婆だ。どうやら発火装置も使わずに、火をつけられるらしい。それがどんな方法かはわからないが、用心しなければならない。まさか航空機の中で、自分も巻き込まれるのを承知で火を放つとは思えないが……自爆覚悟で向かってこられる可能性はゼロじゃない。

それにしても瞳子さんは、一体どうするつもりなのだろう。

時間がなかったのもあるが、瞳子からはただ周防の協力がいると言われただけで、詳しい話は何も聞いていない。ここで亀山を説得するつもりなのだろうか。国外逃亡は諦めて、帰れと。

「でも、私に亀山さんを引き留める権利なんてありません。待っているのは、ご家族ですよ」

瞳子の言葉に、亀山は笑った。

「家族？　誰が私なんかを待ってるっていうんだ」

「亀山さんが知らないだけで、会いたがっている人はいるはずです」

「思い込みで話すのはやめてくれ。私のことを、何も知らないくせに！」

「いいえ。亀山さんは、私に過去を話してくれたじゃないですか。何も知らないわけではありません」

辛抱強く、瞳子は言葉を紡いでいく。

「あれしきで私を理解できるとでも思ったのかい？　どれだけ能天気なんだ、あんたは。いいよ、教えてあげる。私はね、家族に迷惑をかけ続けてきたんだ」

「でも亀山さんにも、手紙をやり取りするお孫さんがいるんですよね」

「私の親がろくでなしという話はしただろう。同じように、私もいい親じゃなかった。だから私の息子は出ていった。私も、これ以上迷惑をかけたくなかったから、距離を置くことにしたのさ。あんたが考えるような、家族の関係とは違う。私は違う人種なんだ！　そっちの常識を押し付けるなよ」

青い目の客室乗務員が、やや不審げにこちらを見ている。少し騒ぎすぎかもしれない。しかし周防は、口を開かずにはいられなかった。

「待てよ。違う人種だと言い張るのは勝手だが、それは放火していい理由にはならないだろう」

瞳子と亀山の視線が周防に向けられる。

ふつふつと湧き上がる怒りを抑えつつ、周防は続ける。

「どう言い訳しようと、あんたの行った犯罪は隠せないんだよ。過去がどうだろうと、家族がなんだろうと、罪は罪じゃないか。償ってから、そんな話は聞きたいね」

「ごめん、今は私が話すから。黙ってて」

瞳子が周防を制した。

予想外だったので少し驚いたが、すぐに反論する。

「どうしてですか、瞳子さん？　もう、ぐだぐだ言うのはやめましょうよ。放火犯なんかと話す必要はありません。逃げられないように脇を固めて、向こうについたらすぐに引き返すだけでいいんです。それとも何ですか？　放火犯だろうと何だろうと、分かり合いたいとでも言うんですか？」

「ちょっと待って。亀山さんが放火犯だという証拠でもあるの？」

「えっ……何を言ってるんですか？」

周防は困惑する。

こいつが放火犯だと確信したからこそ、あなたは俺を呼び出して、二人でここに駆けつけて、今対峙しているのでは？

瞳子は続けた。

「私は、亀山さんは放火犯じゃないと思ってる。罪を犯していない人が逃げるなんて、おかしいよ」

「……話が違うじゃないですか」

周防は思わず拳を握る。

「どう考えたって、亀山が怪しいという話だったでしょう？　彼女をかばおうとしてた瞳子さんだって『わからなくなってきた』と言ってましたよね。そして俺たちの目の前で、こいつは国外に逃げようとしている！　この期に及んで、どうして亀山を信じられるんですか」

いきり立つ周防を前に、瞳子も諦めたように息を吐く。それから聞いた。

「どうして、亀山さんが怪しいんだっけ。具体的には」

「数え切れないほど怪しいところはあるじゃないですか。これまでに集めた情報や、ばあちゃんからの手紙にある通りです。苦しくても医者に行こうとしない。他人の名義で団地に住んでいる。財布は空っぽ。挙句の果て、警察を避けている」

「そうだよね、変だよね。亀山さんって」

「変ですよ。隠しきれない不審点だらけです。昔『炎の魔女』と呼ばれていた放火犯が立川に潜伏していると考えれば、その不審点すべてに説明がつくんです」

周防は亀山を見据えて言った。「まあね」と亀山も頷く。

「でも、あくまで状況証拠でしょ」

「それはわかってます。だから、警察に調べてもらおうって話、したじゃないですか。ちょっと調べればすぐにボロが出るはずだって」

二人の間で、瞳子がしばらく目を閉じた。それから、決意したように言った。

「もう一つあるの。亀山さんの不審点、すべてを説明できる結論が」

一瞬周防もひるんだ。だが、すぐに言い返す。

「全てが説明できたって、結局は同じですよ。それも状況証拠の積み重ねにすぎないでしょう。今必要なのは決定的な証拠なんです。だから手っ取り早く、警察に……」

「わかってる。そう、決定的な証拠、いわゆる直接証拠がほしいの。そのために、あなたにも来てもらった」

そう言って、瞳子は亀山に向き直った。

「亀山さん。失礼ですが、教えてください」

何を思ったのか、周防の目の前で、瞳子は座席に設置されている機内案内図を手に取った。そこには機内の図に加え、搭乗時の注意点や、緊急時の対処について英語と日本語で記載されている。息を呑む亀山に案内図を突きつけ、静かに問う。

「これ、読めますか？」

二

その日は何となく、いつもと違って奇妙だった。太陽の光や、街路樹の緑、そして古びた団地のクリーム色には何の違いもない。だが、不気味に静かだった。朝、煙草を吸う亀山や、掃除をする海老沢に出くわすこともなく、穏やかに時間が過ぎていく。それが鶴田に一種の予感を抱かせていた。

今日かもしれない。

周防君が、私を迎えに来てくれるのは。

簡単な朝食を終え、お茶を飲みながらもちらちらと、荷物の方を見る。目に入るたびに、意識してしまう。

そんな時、インターホンが鳴った。

ほんの少し、待つ。その鳴らし方の気配ですでに感じ取ってはいたが、続いて何も声をかけられないことで確信する。郵便局や、宅配便の人間ではない。ここに初めて来る人間だ。

興奮と緊張で心臓が早鐘のように鳴り始める。

ついに、対面する時が来たのか。絶対に会わないと決めて手紙を書くようになってから、思えばずいぶんの時間が経つ。震える手で湯のみを置き、一つ深呼吸。荷物の準備はできている。いつでも、周防の家に行くことはできる。あとは、直接顔を合わせるだけ、それだけだ……。

鶴田は平静を装いながら、ゆっくりと一歩ずつ歩き、インターホンの受話器を取った。そして確認する。

「……周防律君、かい？」

扉の外で、かすかな衣擦れの音。そして返答。

「いえ、水野ス。とりあえずドア開けてください」

十

機内で、亀山はただ沈黙するばかりだった。

だが、その額には汗が流れ、視線は虚空を漂っている。歯が震えてかち、かちと鳴る音がした。周防はごくりと唾を呑み込んだ。

どうなってるんだ。もう、何分かずっとこのままだぞ。

瞳子が突きつけている機内案内図は、相手を凍り付かせる呪文書だとでも言うのだろうか。

「どうしたんですか、亀山さん？」

亀山が落ち着かない様子で案内図と、瞳子の顔を交互に見る。呼吸は荒く、その目はかっと開かれている。これまで何を言われても、泰然と応じてきた態度とは対照的だった。口を挟めないまま、周防もただ二人の様子をじっと見守る。

「どこでもいいですよ。読めるところから、読んでみてもらえますか」

亀山の唇は震えるばかり。滴り落ちる汗が、首筋を伝っている。

「……読めないんですね？」

「……」

亀山がゆっくりと、諦めたように俯いた。その姿はひどく小さく見える。ぽたりと、汗が床に落ちた。

「どういうことなんですか、瞳子さん……」

周防は耐えきれずに質問する。瞳子は静かに答えた。

「そのままだよ。亀山さんは、文字が読めないんだ。おそらくは、書くことも」

亀山は眉間にしわを寄せ、瞳子を見る。

「……いつから気づいてた？」

「ずっと違和感はあったんです。最初は、部屋に飾られている便箋たちを見た時。ずいぶんごちゃごちゃ並んでいると思いました。傾いているとか、折れ曲がっているのは整理が苦手だからかもしれません。でも百八十度、ひっくり返っているのは変です。そう、何らかの理由で、文字の上下が理解できないとかでもなければ……」

ぞくりと、周防の背に寒気が走る。

「それから亀山さんと私は、ベンチでたくさんの話をしました。その時も気になる点はいくつか」

「ふん。あれでも緊張は切らさずに、知られても構わないことだけ話すようにしたつもりなんだがね。何か、問題があったかい」

「会話の内容ではありません。亀山さんは、私が飲んでいる紙パック飲料が何か、わかりませんでした。飲むヨーグルトを、牛乳だと言いましたね。おにぎりの具が何か、わからないとこぼしたこともありました。最後にお酒を飲んだ時もそうです。ゴミの片づけをしていたら、ノンアルコールビールの缶がありました。私は苦手なので買いません。亀山さんも飲みたい気分だと言っていたはずです。つまり、亀山さんは間違えて買ったんです」

「……よく見てるもんだね」

亀山の手が震えている。

「コンビニに行ってみて、よくわかりました。もし文字が読めなければ、飲むヨーグルトと牛乳を区別するのは難しい。ノンアルコールビールと普通のビールだって、まず見分けられない。一方で、生活する上でそれほど苦労はないかもしれない、と思いました。たとえばおにぎりでも、パッケージが紛らわしいのはツナとか、梅とか、昆布とかシンプルな具のものだけ。イクラなんかの高級な具であれば、目立つように絵が描いてある」

周防は思わずコンビニの光景を思い起こす。文字が読めない、そんな観点で店内を見回したことはなかった。

「コンビニに限らず、スーパーでもそう。大抵のパッケージにはわかりやすく絵が描いてあります。紛らわしいのは、香りがないと区別しづらいお茶などですか。ウーロン茶、紅茶、プーアル茶なんかは文字がないと難しいですね。つまり文字の読み書きができなくても、日常生活は営める。契約書のたぐいだって、ほとんど読まずにサインして問題ないものばかり。

亀山さんの昔の同僚のように、金を騙し取ろうとするような悪い人間が持ってくるものを除けば、ですが」

「そんなバカな。瞳子さん、それはありえませんよ」

周防は身を乗り出したが、瞳子は構わず続けた。

「もちろん、煩わしいことは多いでしょう。電車の乗り換えなんかは案内板が読めないと複雑ですから、多少値が張ってもタクシーを使いたくなるかもしれません。でも、最悪、人に聞けば何とかなるんです。空港でだって、スーパーでだって、郵便局でだって、聞けば職員が親切に教えてくれます。目が悪いとか、指が固くなってペンが持ちづらいとか言えば、代わりに読んでくれたり、申請書を書いてくれる人なんかもいるでしょう。いや、事実、亀山さんは鶴田さんに孫あての手紙の代筆を頼んでいた。おそらく、孫から来た手紙も、鶴田さんに読んでもらっていたのではないですか？　音読してもらわなければ、文通は成り立ちませんから」

「瞳子さん、俺が言ってるのは、そういうことじゃありません。この現代日本で、読み書きできないなんてことは、ありえないと言っているんです！　それこそ、本当に特別な事情を抱えている人しか」

「どうして？」

「だって……義務教育があります。誰だって、文字を頭に叩き込まれる。それを知らない人の存在なんて、考えられないほどに。日本の識字率は九十九パーセントを超えているそうじゃないですか」

「その義務教育を受けていないとしたら？」

「ありえません、文字通り国民の義務なんですから」

「だから。亀山さんは、国民じゃないんだよ、きっと」

周防は混乱する。

「どういう意味ですか」

「国民のリストに、載っていないんだよ。そうだとしたら、義務教育は受けられない。免許証も取れないし、大抵の会社では雇ってもらえない。身分を偽って水商売くらいなら、何とかなるかもしれないけれど。健康保険証もないから、よほどのことでもなければ病院には行けないし、職務質問されても何の身分証明もできない。銀行口座は作れないし、年金だってもらえない、住宅だって借りられないんだ。他人の名義を利用でもしない限り。そして、犯罪者と疑われたら、疑惑を晴らすのは普通の人よりもずっと難しい。いっそどこかへ逃げ出した方が楽……」

「まさか。無戸籍……？」

周防は愕然とし、亀山を見る。亀山はただ黙りこくっていた。肯定もしないが否定もせず、石像のように動かなかった。

「入園チケット」

瞳子がぼそり、と言う。亀山の体が、びくんと震えた。

「亀山さんに聞いた話です。お母さんから、入園チケットを貰えなかったと。人生というテーマパークの入口は母親で、入園チケットを持っていない亀山さんは、違う人種なのだと。もちろん喩え話だとはわかっています。でも、私はその言葉から、ある書類を連想しました。それは……出生届です」

「出生届って、子供が生まれた時に出す書類ですよね。出さないなんてこと、できるんですか？」

「できるよ。親が出そうとしなければ、それで終わりだもの。子供は戸籍が得られず、住民票も存在しなくなる。日本に存在しない人になる。私、あの時亀山さんが言っていたこと、覚えてます。あんまり悲しい言葉だったから、よく覚えています。『誰もが正当な権利を持って入園しているのに、私だけは手違いで入ってしまった。乗り物には乗れず、売店で何かを買うこともできない、そんな遊園地。みんなが楽しそうにしている中、私はただ、うろうろと歩き回るだけ。もちろん表向きには笑って、チケットを持っている振りをして。疎外感。それがずっと付きまとう人生』……」

周防は必死に瞳子に聞く。

「ま、待ってください。亀山には孫がいます。つまり家族がいるわけですよね。無戸籍で結婚なんて、できるんですか」

「法律上はできない。だから苦労したんでしょ、亀山さん」

亀山はただ、押し黙っている。もはや亀山への詰問ではなく、周防に対して瞳子が説明をひたすら行うばかりだった。

「どうなるんですか？　一体、その場合は」

「生まれてきた子供は、戸籍を手に入れることはできるはず。配偶者の戸籍に入れることができるからね。だけどそれは、夫と円満な場合だよ。もし揉めたり、いわゆる行きずりの恋だったりした場合は……」

「そうさ」

後を亀山が引き取った。

「あいつは最初から遊びだったんだ。私なんて、不倫相手の一人でしかなかった。それはい。だけど息子のために、何としても戸籍がほしかった。入園チケットを、息子には与えてやりたかったんだ……」

歯を食いしばり、ぽつり、ぽつりと亀山は話す。

「そのためにずいぶん無理をして、あいつを離婚させようとした。金を貢いで、ほとんど奴隷みたいに尽くした。だけど、あいつはいなくなった。私と同じように息子は苦しみ、いや、私があいつにかかりっきりだったから、それ以下か。息子も最後には私を殴って、出ていった。出ていく息子の背中が、まるで自分の背中のように見えたっけ」

「……」

周防にはただ、黙って話を聞いていることしかできない。

「あんたの言う通り、私には孫がいる。息子は結婚したんだ。一度だけ、報告に来てくれてね。だけど同時に、今後、もう会わないでくれとも言われた。当り前さ。母親が無戸籍だなんて知られたら、社会の目は厳しい。離婚に繋がるかもしれない。職を失うかもしれない。私には、その苦労が嫌というほどわかってる」

「それでよかったんですか？　亀山さん」

「瞳子ちゃん、あんたにはわからないだろうね。私と息子は、互いに納得の上で決断したんだ。あんたと私は違う人種なんだ。私たちは、私たちなりにその時できる最善の選択をした」

「……でも。でも……待ってください」

周防が、頭を抱えて呻く。必死に、頭の中を整理しているようだ。

「今の話が、俺たちに何の関係があるんですか。不幸な身の上なのはわかりました。だけど、放火はやっぱり、放火でしょう。言い訳にはならない。それとも戸籍がなければ罪には問えないとでも、言うんですか」

「違うよ」

瞳子が、正面からこちらを見つめる。優しく、周防の両肩をつかむ。ゆっくりと、静かに言い聞かせる。

「関係は、あるんだよ。もう、わかってきたでしょう」

「何がですか？　わかりません！　さっぱりわかりませんよ、俺には！」

「亀山さんを見て」

瞳子は立ち上がり、周防の脇に立った。間を遮るものがなくなり、亀山と周防は互いを見つめる。はるか地上を見下ろして飛ぶ航空機の中、二人は相手の瞳を覗き込んだ。周防の若々しく、澄み切った眼。亀山の、皺が寄り、人生の様々な思い出が刻まれて濁(にご)った眼球。時を隔てた二人の距離は、たった座席一つ分だけしかない。

周防の背をそっと押すように、瞳子の声がした。

「周防君のおばあちゃんは、亀山さんかもしれないんだ」

〒

「あんたは……一体……」

鶴田はドアノブを掴んだまま呟いた。扉を開けた向こうに立っていたのは、背の高い仏頂面の男。まるで長旅を終えたばかりのように服は砂っぽく、背負っている鞄はやたらと大きい。男はその冷たい目でこちらを見下ろし、ぼそりと告げた。

「あんたスか、嘘つき疑惑の婆さんってのは」

その言葉で、鶴田はすべてを悟った。

膝の力が抜け、がくんと玄関で崩れ落ちる。

「悪いけど、ちょっと入れてもらえますか」

水野と名乗った男の要求は、一般的に考えれば通報しても良いものであったが、鶴田は素直に従った。いつか、こんな日が来るとは自分でも思っていたのだ。

「わかっておくれ」

絞り出すように、鶴田は言う。

「断るつもりだったんだ。本当に。実際に周防君と会ったら、謝って、すべてを説明する、いつかはそうしなきゃならないと、思っていたんだ……」

ぽたり、と涙が一滴、眼鏡の内側に落ちた。

〒

「そんな……はずが……」

周防は震えながら、亀山の目を見つめる。

「ありえません。瞳子さん。だって、手紙には……手紙では。俺のばあちゃんは、鶴田淳子だとはっきりと書かれていました」

一方、亀山は周防をしげしげと見つめる。驚愕と感激の入り混じった顔。

「もう一度言っておくれ、瞳子ちゃん。この子が誰だって。周防、周防律だと言ったのかい」

瞳子はあえて答えないでいるようだった。代わりに周防を見つめ、一つ頷く。

「確かに俺は、周防律ですが……」

「そうかい」

亀山が纏っている空気が、ふっと緩んだ。

「そうかい、あんたがそうなのかい……」

周防は目を疑う。亀山は常に、ある種の緊張感を抱いているようだった。無戸籍ゆえのものなのか、あるいは過去の苦労からなのかはわからない。どこか冷たく、他人を突き放すような印象だったのに。

それが嘘のように溶けていく。亀山は今、何も考えていない。赤子に相対した母親のように、理屈を超えたところからこちらを見ている。優しい声がかけられる。

「大きくなったもんだ」

周防は首を大きく横に振り、拳を握って立ち上がった。

「やめてくれ、そんなはずがない！　だって、だって、手紙には……」

瞳子が一人頷き、言う。

「やっぱりそうだったんですね……」

「瞳子さん、言ってくださいよ。これは何かの間違いだって」

「考えてみて、周防君。亀山さんは鶴田さんに、手紙の代筆を頼んでいた。書かれたものを発送前に確認するから、普通は中身を捏造することなんてできない。だけど、亀山さんに読み書きができないとするなら。鶴田さんを信頼して、口頭で内容を伝えて。それを鶴田さんが一方的に書きとっているだけだとしたら。鶴田さんが裏切りさえすれば、内容はいくらでも変えられてしまう。亀山さんがそれに気づく方法は、ない」

「そんな……ことって」

周防は目を閉じた。自分の髪の毛を掴み、立ち尽くした。混乱していて、何が何だかわからなくなりそうだった。瞳子はしばらく考え込んでから、弟をなだめる姉のように話し始めた。

「周防君、前に私に手紙を見せてくれたよね。鶴田さんってさ、字が綺麗な人なんだよ」

「それが何ですか？」

「毎日字の練習をしているんだって。代筆の仕事を受けるくらいに、自分の字に誇りを持っている人なんだ。そんな人が、孫に出す手紙で……宛先に印刷シールを使うかな」

「……」

周防は鞄に入れっぱなしの、祖母からの手紙を思い出した。

ばあちゃんからの手紙は、いつも宛先と差出人は印刷シール。便箋は綺麗な文字だけど、毎回印刷シールだけは変わらない……。

「便箋を書いた人と、宛先シールを貼って発送している人は別なんだよ。発送する人は自分で宛先を書くことができない。だけどプリント屋さんに行って、この住所を印刷したシールを作ってくれと言うことはできた、そうは考えられないかな」

「じゃあ、何ですか。まさか……鶴田さんは、代筆の依頼者が文字を読めないことに付け込んで……」

「うん。自分が周防君の祖母であるかのように、偽っていたんだよ」

〒

求められたわけではなかったが、鶴田は水野に対してすべてを白状した。

「最初は、ただの遊び心だったんだ」

水野はただ黙って、出されたお茶をすする。

「亀ちゃんが話した内容を書き取る中でね、全然関係ない話を混ぜてみたんだよ。何だったかも忘れてしまうような、ほんの些細な内容だった。それに気づいた亀ちゃんが、もー鶴ちゃん何してんの、と言ってくれると思ってたんだ。だけど、亀ちゃんは気づかなかった」

鶴田はテーブルの上で皺だらけの両手を合わせ、続けた。

「見過ごしたのかもしれないと思ったけれど、どうもおかしくてね。それからも手紙を書く中で、少しずつ内容を変えていったんだよ。しかし、全く気づく気配がない。さては、と思ったんだ。真剣に文面をチェックしているような素振りだけど、中身は全く読めていないんじゃないかって」

「……」

「合点がいったね。亀ちゃんは、受け取った手紙を必ず私に読ませようとするんだ。最初は自慢だと思ってた。だけどあれは、自分で読めないからそうしていたんだ。その証拠に、私がわざと違う内容を音読しても、亀ちゃんは気づかない。すぐに理解したよ。出す手紙は私の自由。やってきた手紙をどう解釈するのも私の自由。つまり、亀ちゃんの孫と文章をやり取りしているのは、私。私がその気になれば、亀ちゃんが間に入ることはできない……」

水野は相槌（あいづち）も打たず、この哀れな、痩せた老人の話を聞く。

「私が、独占できたんだ。素直で、優しい、孫の周防君を」

絞り出すように言ってから、鶴田は小さな声で続ける。

「……寂しかったんだよ。うちの娘も、孫も、小遣いをやらなきゃ挨拶にも来やしない。それでいて、お年玉をやれば早々に帰ってしまう。ずっとここで独りぼっちで、厄介者扱いされているようで……ああ、羨ましかったんだ、亀ちゃんの孫が。こんな孫がほしいって思ってた、少しくらい私にも分け前がほしかったんだよう……」

肯定とも否定ともつかない小さなため息を、水野はつく。

「亀山さんを悪者にするような手紙を書いたと聞きましたけど」

「……そうだよ。苦しかったんだ。しょせん私は手紙だけの関係でしかない。偽りの祖母でしかない。こんな孫が手に入ることは一生ないんだと思うと、悔しくて、亀ちゃんが憎くて……バカだね。恋煩いした乙女でもあるまいに」

「亀山さんを放火犯扱いすれば、本当に自分の孫になるとでも思ったんスか。ここに迎えに来てくれて、祖母として一緒にいられると」

鶴田は言葉に詰まる。

「そんなことをしてもいつか必ずばれる。無意味だとは思わなかったんスか」

「もう、後戻りできなかったんだ。今更もとにも戻れないし……あの子の存在が、私の中で大きくなりすぎてしまった。ああ、愚かだよ。恋は人を愚かにさせるんだよ……」

ハンカチで瞼を拭い、赤くなった目で鶴田は水野を見上げた。

「あんたが来てくれてよかった」

「は？」

「私一人じゃ、断れなかったかもしれない。周防君と相対したら、そのまま取返しのつかない嘘をついていたかもしれない。あんたのお陰で諦めがついた。警察の人なのかい？　さあ、どこへでも連れて行っとくれ。いつか罰が当たるとは思っていたんだ、覚悟はできてる」

　水野は手を振って否定する。

「いえ。あんたは浅慮だと思いますが、俺は裁くつもりはありません」

　これには鶴田がきょとんとした。

「……じゃあ、何しに来たんだい」

「あんたが早まったことをしないように、念のため見守れと言われたんスよ」

　水野は頬杖をつき、面倒くささうに携帯電話に目をやる。

「……誰に？」

　こちらに目も向けず、水野はぼそっと答えた。

「危なっかしい知り合いがいて……そいつにです」

〒

「じゃ、じゃあ……」

　周防は震える口で必死に言った。

「俺がばあちゃんだと思って文通していたのは、実はばあちゃんを騙る赤の他人だったってことですか」

「最初からずっとそうだったかはわからないけど、後半はそうだと思う」

「信じられません！　そんなの」

　ほとんど絶叫だった。亀山は「あいつ、そこまで……」と言い、寂し気に微笑んだ。瞳子は二人の間に入り、言う。

「だから、確かめよう。そのために、周防君を呼んだの。二人がここにいなきゃならなかったの」

「確かめるって、一体」

「証拠だよ。それを見せ合えばわかる。周防君は、おばあちゃんから来た手紙。持ってきてって言ったよね。そして亀山さんは、お孫さんから来た手紙。持ってますよね？　住民票がないから、住所がないから、わざわざ局留めにしてまで受け取ってたわけですもんね。逃げるとしたって、持って行かないはずがない」

「何から何まで、お見通しか」

　亀山はうなだれる。

「お互いが絆にしてきた、手紙を見せ合ってください。それが、確たる証拠ですよ」

「まさか。そんなもの、亀山が持っているわけが……」

　周防が、瞳子が亀山を見つめる。しばらく亀山は歯を食いしばって何かに耐えていたが、やがて観念したように、ふっと笑った。

「あんたには負けたよ。瞳子ちゃん」

「亀山さん……」

「ここまでしつこいと、逆に清々しいくらいだ……」

亀山は背後に手を持っていくと、ハンドバックを取り出した。背と椅子に潰され、平べったくなってはいたが、それでもぱんぱんに膨らんでいる。チャックを開けると、財布よりも奥に、布で覆われた包みが姿を現した。亀山が丁寧に、包みを開いていく。二重になった布を取り外すと、その奥から紙の束が現れた。手紙だ。

古く、黄ばんでいるものもあった。真新しく、白いものもあった。

かなりの量である。

周防が中学生の頃から。立派な社会人となった今まで、続いてきたやり取り。文字が読めなくても、会うことが叶わなくても。手紙を宝物のように大切に扱っているのが、亀山の所作から伝わってくる。おそるおそる差し出された無数の封筒を見て、周防は瞬きした。

おばあちゃんへ。中学生の時に書いた文字。高校生の時に書いた文字。少しずつ字体はこなれ、道具は鉛筆からボールペンを経て、万年筆へと変わっていく。緊張しながら最初に手紙を出した時があった。高揚しながら高校合格を告げた時があった。空手を始めた、初めて自分の手でお金を稼ぎ、母親にプレゼントをした、楽しかったこと悲しかったこと、手紙に書いた全てが雪崩のように思い出され、押し寄せてくる。

周防の過去そのものを、亀山はその皺だらけになった掌で、優しく押し抱いていた。

眉が歪む。喉の奥が震える。

周防はゆっくりと目を閉じて、数度、瞼を押さえて。それから亀山をまっすぐに見て、言った。

「ばあちゃん……」


ハイルータ航空シアトル行き五八八便の機内に、すすり泣きの声が響いた。

静かに、しかし確かに、足元から這いよるように。その声は少年のようでもあり、皺がれた老婆のようでもあった。乗客たちの中には不審げにあたりを見回す者もいたが、さほど気にせずに目の前のディスプレイを眺め続ける者もいた。

誰かが放映中の映画に感動したか、あるいは恋人と喧嘩でもしたのだろう。

ほとんどの人間はそれ以上は考えない。

だが、瞳子は違った。


聞いた瞬間、体が凍り付く。指先が痺れ、足元が冷たくてたまらない。背後を振り返るのに、ありったけの勇気を振り絞らなくてはならなかった。

それくらい、泣き声にはおぞましいものが込められていた。執着。嫉妬。そして、愛情。狂おしいほどそれは純粋で、それ故に独善的で、野獣の食欲すら想起させる。

座席と座席の間、ほんの僅かな隙間からその目が見えた。背後に座っていた人物が、アイマスクを外して赤い目で瞳子たちを見つめている。かけていたブランケットを力なく掲げている。立ち上がっているのだが、目線はかなり低い。海老のように折れ曲がった腰のためだ。

「海老沢さん。どうしてここに……」

「ひどいよ。亀ちゃん。私、悲しいよ……」

さめざめと泣く海老沢。亀山がぎょっとした顔で席を立ち、前の席に背をこすりつけるようにして後退した。

「どうして？　どうして行っちゃうの？　どうしてなの。私、亀ちゃんと一緒じゃないと寂しくてたまらないよ。ねえ、私と遊んでよ」

海老沢は体をひねりながら、座席と座席の間に手を入れ、扉のように開こうとした。固定された飛行機の座席は、老人の細腕ごときではびくともしない。クッションの部分が多少歪むだけだ。しかし海老沢は思考停止しているのか、開こうとし続ける。手の甲に血管が浮かび上がり、爪が座席に食い込んだ。

「あ、あんた……」

亀山の喉が細かく震えている。

「お願いしたのに。どこにも行かないでって。私と一緒が、嫌なわけじゃないって言ってたのに。どうして？　どうして私よりも瞳子ちゃんを選ぶのよ。知ってるんだから、ずっと前から、何度も何度も、私じゃなくて瞳子ちゃんと遊んでたって！　公園で、ベンチで！」

海老沢は子供のようにわめき散らした。周囲の視線も集中し始めている。客室乗務員がこちらに向かってくる。

「ずるい！　瞳子ちゃんは、ずるいよ。私、二人が車で空港に出かけていくのを見て、凄く悲しかったんだよ。追いかける車の中で、ずっと泣いてたんだよ。ねえ亀ちゃん、同じだけ、私とも遊んでくれなければ、不公平だよ。お姉ちゃんはそうしてくれたよ、私と遊んでくれたもの！」

鬼気迫るようなその声を聴いていて、ふと瞳子の頭の中で光が走った。

同じだけ、遊んでほしかった……？

私が、ずるい？

まさか。

「遊んでほしいんだよ、私と遊んでくれなきゃ、寂しいよ、お姉ちゃん、お姉ちゃんは誰にも取られたくないよ、一人で遊ぶのはいやだよ……」

まさか放火の動機は。大事な人を、私に取られたと思い込んで。

「い、いい加減にしろ、この……」

たじろいでいた亀山だったが、言われっぱなしで頭に来たのだろう。顔色は青く、足は震えながらだったが、反撃に出た。

「何度言ったらわかる。私はあんたのお姉さんじゃないんだ。それをなんだ、こんなところまで」

「亀ちゃん……でもね、亀ちゃんはね、私のね」

「私がどこに行こうと、誰に会おうと、何を言われる筋合いもない。か、帰れよ。さっさと帰れ！」

「亀ちゃん、どうしてそんなこと言うの。お姉ちゃんを見習って。お姉ちゃんは、優しかったよ！　いつだって！」

海老沢は自分勝手な主張をさらにヒートアップさせていく。それに応じてか、亀山も語気を荒げ、威嚇（いかく）するように睨みつけた。

「ちょっと優しくすればつけあがって。近所の義理で茶は付き合ってたけどね、あんたの話は毎回孫の数が曖昧だわ、年齢が適当だわ、おかしいんだよ。絵を描いて送ってきた？　総理大臣賞を取った？　あれ、嘘だろ」

「やめてよ、亀ちゃん！　いじめないで、私をいじめないで」

海老沢を指さし、亀山は口角泡（こうかくあわ）を飛ばす。

「絵はあれ、自分で描いてたんだろ？　私と鶴ちゃんには丸わかりだったよ。空しくなかったのかい。あんたには嘘しかない、本当は孫も家族もいない、だからとっくに死んだ姉の幻影にすがりついてしか、生きられないんだろう」

「亀ちゃん……亀ちゃん……私……」

「わかったら、もう私のことはほっといて！　あんたは一人で、自分のことは何とかしな」

はあ、はあと亀山が呼吸をするたびに、その胸が激しく上下する。

強烈な亀山の言葉に射すくめられたように、海老沢は硬直してしまった。それから、震え始める。手が、足が、首が、頭が震えている。二つの目がぐるぐると不規則に回り、焦点を合わせぬまま大粒の涙を落とす。

「ああ……うふふ」

錯乱状態だった。床を見てにっこりと微笑み、即座に無表情に戻る。それを素早く三回繰り返すと、ふと海老沢は瞳子を見て静止した。

「あのね」

抑揚なく海老沢がつぶやく。瞳子は、見た。

その目の奥に深い闇が詰まっているのを。手を差し伸べても無限に呑み込まれそうな闇。

そこに一つ、火が灯る。頼りなく、微かな、それでも唯一の救いのように。

「お姉ちゃんが教えてくれたんだよ。私たち、遊び道具は何にもなかったから。ゴミ捨て場にあるものしかなかったから。こうして遊んでいたんだよ……魔法ごっこ！　あのね、これをやるとお姉ちゃんを思い出すんだ」

「や、やめろ……」

亀山が絶句する。

熱を求めて闇が集う。闇を吸い込んで、火は大きくなり、炎と燃え上がる。

「嘘だろ……魔法だなんて……」

周防が言う通り、目の前の光景を誰もが理解できなかった。だから、止める間もなかった。

「ほら！　お姉ちゃんがいてくれる。私のそばにいてくれる。お姉ちゃんがいなくなっても、亀ちゃんが取られちゃっても、私平気だよ、大丈夫だよ、一緒だよ、一緒に遊べるんだよ」

ライターを操作した様子も、マッチを擦った様子もなかった。海老沢はただ、ブランケットの陰で手を微かに動かしただけ。しかし一瞬にして、劫火(ごうか)が立ち上る。邪悪な赤い光がゆらゆらと瞳子の頬を照らした。

　ややあって、叫び声があちこちから聞こえ始めた。

「逃げろ！　火が！」

「早く、消火器だ！」

　どこか遠く、高音で警報装置が鳴り始める。立ち上がって走り出す人、荷物を取り出す人、座席の下に隠れようとする人。人がもみくちゃになり、怒号まで響いてくる。瞳子のすぐそばの通路を、大柄な男性が乱暴に走り抜けた。突き飛ばされ、瞳子はバランスを崩して尻餅をつく。

「あっ、瞳子さん！」

　後頭部に固いものが当たった。座席の角に頭を打ち付けたらしい。そう思って間もなく、瞳子は世界が闇に包まれるのを感じた。

〒

「連絡が来ないな……」

　携帯電話をいじりながら、独り言のように水野がつぶやく。鶴田は聞いた。

「誰からの連絡？」

「……」

水野は落ち着かない様子で貧乏ゆすりをして、また黙り込む。ずっとこんな調子だ。居心地は悪い。

「何かあったのかもしれない」

「なんだって？」

「瞳子さんは、放火犯が結局誰なのか、わからないと言っていた。放火犯を追いかけていて、亀山の正体に行きついたと。亀山が何者なのかという謎と、放火犯が誰なのかという謎があったことになる。二つの謎は別個で、関わり合っていない……はずだ」

とん、とん、と指先でテーブルを叩きながら、水野は自分の考えを整理しているようだ。その冷たい目が脳の中の論理を追ってかすかに揺れる。

「だが、もしその二つが繋がっていたとしたら。俺たちが思いもよらないところで、犯人だけがわかる何かで、繋がっていたとしたら」

「……どうなるっていうんだい」

「わからない。あの人の行くところ、わからないことばかり起こるから、困る」

深いため息をつき、水野は「ちょっとテレビ借ります」と棚からリモコンを取った。

〒

真っ暗だった。瞳子はただ一人、闇の中で考えていた。

――人の価値観なんて全然違うんだよ。

亀山に言われたことが、思い出される。

亀山から見れば、金蔓だったナナミ。ナナミから見れば、金蔓にしかなれないこんな自分と一緒にいてくれた人。

――絆、それは自己満足にすぎない。通じ合えなくても、分かり合えなくても、本人が信じていれば絆は生まれるのだ。

人の気持ちは一方通行。良かれと思ってやったことが、別のところで逆の効果を生むこともある。そうだ。一連の放火事件が始まった時期が、私が亀山さんと初めて夜のベンチで時間を過ごした時期と同じということは。

――どうして？　どうして私よりも瞳子ちゃんを選ぶのよ。

海老沢の声が、聞こえてくる。

――魔法ごっこ！　あのね、これをやるとお姉ちゃんを思い出すんだ。

寂しがり屋の焚き火婆。炎の魔女と焚き火婆。寂しいときに、恋しさから火をつけていたとするなら。かつて姉を失った時に炎の魔女が生まれ。そして、信頼していた友達を取られたと感じた時、焚き火婆が生まれたのかもしれない。

火に恐怖を見出す者もいれば、懐かしさを見出す者もいる。圧倒的な隔たり。

人は違う、違いすぎる。

――わかろうとしても無駄なんだよ。

再び亀山の声。

「無駄じゃない」

瞳子は闇に向かって言い返す。

――他人同士で、違う人種同士で、わかろうとしたって仕方ないんだ。

「そんなことない。そんなはずない」

――だからこれからは、もう……やめましょ。

今度は水野の声だ。脈絡がなく、いろんな人の声が聞こえてくる。わかった。これは夢だ。私は夢を見ているんだ。

「嫌だ。やめない」

――俺は、前に一人、守れなかった。自信がない。失敗した時のことを考えると、怖くて仕方ない。特にあんたみたいな人を見てるとね……。

「嫌だ！」

瞳子は言い返す。

「失敗したっていいじゃない」

――私はミズノンとは今のまま、一緒にお酒飲んだり、おしゃべりする仲のままでいいんですよ。それで十分じゃないですか。

ついに、今度は過去の自分の声まで聞こえ始めた。のんきに、吉田主任と話しているのが見える。

——そこから発展したいとは思わないの？

——別に、思わないし……想像もできないんですよね。それに、何か……それで今の関係が変になっちゃったら、嫌ですし……。

「失敗したっていいじゃない！」

瞳子は過去の自分に向かって叫んだ。ほとんど、泣きそうになっていた。

「誰だって最初からうまくなんていかないよ……人と人とはこんなに違うんだから、そりゃ失敗もするよ。仕方ないよ。でも、それで諦めるの？　ダメだよ。諦めたって、何にもならないよ」

そうだ。私、決めたんだ。

「何かに怯えて、必死に地面を見て歩くよりも。転んだって、つまづいたっていいから、遥か上を望み見て、歩こうよ」

転ぶのは怖いけど。もう一度起き上がればいい。

「……できるよ。私たち、できるよ」

水野の姿が見える。バス停で、大きな荷物を持って、こちらを見ている。一つ頷いて、微笑んで、軽く右手を上げてみせる。瞳子を見つめたまま。バスが、やってきた……。

瞳子はありったけの声で叫んだ。

「だから私のそばにいてよ、ミズノン！」

瞬間、闇が晴れた。

「瞳子さん！」

周防の声。はっと顔を上げる。反射的に立ち上がろうとする。

「ダメです、立っちゃいけません！」

頭を周防に押さえつけられた。機内の床に、瞳子はうつぶせに倒れていた。覆いかぶさるように、周防の体がある。

「……っ」

息を呑む。

熱気が、瞳子の顔めがけて吹き付けてくる。火が揺れていた。座席の上で、荷物入れの中で、背もたれの上で。赤炎は熱風のコーラスに合わせ、両手を上げて踊っている。彼らの動きとともに、狭い機内に影が浮かぶ。天井は見えなかった。黒と黄色の混ざったような煙が、大蛇のようにのたくっているからだ。何とも言えない悪臭が、そこら中に満ちている。炎は客室の前と後ろを完全に遮断する形で、横断している。

「毒ガスです。まともに吸ったら、ああなりますよ」

周防が指さした先、火煙の向こうの一画には、数人が倒れていた。中には制服を着た客室乗務員の姿もある。おそらくは消火剤だろう、小さな銀色のボンベが脇に転がっていた。

「亀山さんは？　海老沢さんは？」

「海老沢は炎に巻かれて倒れるのを見ました。椅子の陰になってわかりません。ばあちゃんは、人波に押されてどこかへ……」

周防の息も荒い。熱のせいだけではなく、酸素が急激に消費されているのだろう。呼吸は苦しかった。

床は暖かい。そして、空気に揺すられて震えている。瞳子の腹の下、鉄の床の向こうは空だ。そこには落下を遮るものは何もなく、はるか数千メートル下には海が待っている。奈落。

ちりちりと音を立てて、瞳子たちのすぐ隣の座席が焼けていく。難燃性の素材が、無理矢理焼かれる苦しみに身もだえしている。機体が激しく揺れ、傾いた。その勢いで、ころころと乾電池がいくつか転がっていった。

海老沢の魔法の種だ。

確かにあれなら、航空機にも持ち込める。ライターもマッチもいらないし、片手だけですぐに火を起こせる。

火がついた瞬間を、瞳子は見ていた。

海老沢が持っていたのは、乾電池と、チューインガムの銀色の包み紙。銀紙は、その中央がこよりのように細くひも状に捩じられていた。海老沢はそれを掌の中に持ち、銀紙の両端をそれぞれ、乾電池の両極に接触させたのだ。

単純な原理。マイナス極から流れ出した電気は銀紙の中央で抵抗に合いながらなお、前進しようとする。その際に熱が生まれ、瞬間的に発火するのだ。

海老沢がお姉ちゃんとやっていた魔法ごっこ。その辺にあるゴミだけでできる遊び。

ポストに火をつけるのなら手の中に電池を握りこみ、外側に銀紙を出しておき、火がついたところで放してしまえばいい。電池さえ発見されなければ、痕跡から発火方法はまずわからないだろう。火をつけている最中に目撃されても、電池を飲み込んでしまえば、言い逃れられることもあっただろう。単三電池程度なら、その気になれば飲める。

今回運が悪かったのは、海老沢が私物のブランケットを持ち込んでいたことだ。難燃性の機内品ならばともかく、海老沢のブランケットは使い込まれていて、けば立っていた。炎は舐めるようにブランケットの上を走ると、たちまち大きく燃え上がり、乾燥した機内で、荷物入れや座席にまで広がってしまった。そして、今。

瞳子たちは火の海にいる。

「瞳子さん、僕たちも避難しましょう」

周防が背後を振り返って言う。他の乗客はみな避難しているのだろうか。後方で、何か言い合っている声が聞こえてきた。パニックが起きているようだ。一人の客室乗務員が初老の女性に殴られているのが見えた。

瞳子は首を横に振って、答えた。

「周防君、私を守ってくれていたんだね。ありがとう。でも、大丈夫」

「何言ってんですか。このままじゃ僕らもすぐに煙に巻かれますよ」

「逃げたって飛行機が落ちたらどのみちおしまいだよ」

瞳子は煙を吸わないよう慎重に、ほんの少しだけ体を起こす。しゃがんだ状態なら、まだ大丈夫だ。あたりを見回してから、周防に聞いた。

「周防君。鍛えてるって言ってたよね。自信があるって」

周防が困惑顔をこちらに向ける。

「はい……そうですが」

「じゃあさ、あの壁際の消火器、取ってこれるかな」

瞳子が指さした先、揺れと混乱で落ちたのだろう、大量の荷物が折り重なった下に消火器らしきボンベが見える。引っ張り出すにしろ、荷物を取り除くにしろ、そう簡単にはいかなそうだ。

「はい、できます」

周防は即座に返答した。

「あれを使って消火するんですね。わかりました。ここは俺に任せてください。瞳子さんは機体の前の方に避難して……」

「ううん、私はあっちに行く」

瞳子は燃え盛る炎を指さす。隙間から、微かに向こうが見える。

「えっ？」

「あそこ。倒れた乗務員の脇に、落ちてる消火器を使うの。私があれを使って向こうから消火する。周防君はこちら側から消火して。火を挟み撃ちにすれば、消せる」

「無茶ですよ！　あんなに火が燃え盛ってます」

「行ける……きっと」

淡々と言う。

「隙間が少しだけあるもの。身軽な私なら行ける。でも、荷物の下の消火器を取り出すほどの力は、私にはない。ね、この役割分担しかないの」

周防は必死に首を振っていた。

「ダメですよ！　危険すぎます」

「何言ってんの、今すでに危険じゃん……」

ぎゅっと拳を握りしめる。震えそうになるのを、こらえるために。

「待ってください、待ってください。やめてください、そんなの、ダメです。あの炎をかいくぐれますか？　何とか向こう側にたどり着いても、消火剤が空だったら？　あるいは火を消すのに足りなかったら？　向こうからは、戻れないんですよ」

あたりを見回して、スポーツ飲料のペットボトルを見つけた。手を伸ばして掴み、蓋を開けて頭からかぶる。ぬるい液体が、瞳子の服に染み込んだ。

「瞳子さん、お願いだからやめてください！　乗務員に任せましょう」

「ううん。私たちがやるしかない。一刻を争う状況だもの」

「嫌ですよ！　俺は、嫌だ！　協力できません、そんなこと」

ほとんど絶叫する周防。

瞳子は彼の瞳をじっと見つめて、それから少し微笑み、言った。

「……私を守ると言ってくれて、ありがとう」

そうだ。いつだって瞳子を守ろうとしてきた周防には、納得できるわけがない。

消火剤が足りるかなんて、誰にもわかりはしない。もしかしたら故障しているかもしれない。消火剤は大丈夫でも、毒ガスを吸って即座に昏倒（こんとう）してしまうかもしれない。最初から賭けであるとは、瞳子も覚悟している。

「でも私たち、絶対に帰らなきゃ」

失敗すれば、瞳子の命はない。それどころじゃない。周防は目の前で、瞳子が焼け焦げて倒れていく様を、見ることになるのだ。炎の壁に阻まれて、助けにも行けぬまま。

それも知った上で、瞳子は言った。

「生きて帰らなきゃ。ね。お願い……先輩命令」

「……瞳子さん」

周防はまじまじと瞳子を見つめる。激しい熱気で、二人の額からはだらだらと汗が流れ続けている。ゆらめく炎が周囲を取り囲み、ゆっくりと距離を詰めてきていた。終わりは近い。

「瞳子さんは、俺の手の中におさまるような人間じゃ、なかったのかもしれませんね。俺なんかが守るには、大きすぎて……」

「何それ、どういう意味？　褒めてるの？」

「半ば、呆れてます。でも同じくらい尊敬してますよ。先輩として……」

周防は何度か瞬きすると、少しだけ笑った。それから煤のついた目元を拭き、小さく息を吐いてから頬を叩いた。そして瞳子に確認する。

「タイミングを合わせましょう。両側から同時に消火できるように」

　戦う男の顔だった。

〒

「ハイルータ航空シアトル行き五八八便、機内火災発生。羽田に緊急着陸予定」

　それは映像ニュースですらない、番組の途中で流れた文字放送だった。しかし、十分だった。

　水野は鶴田と一緒に部屋を飛び出すと、ほとんど道路に立ちふさがるようにしてタクシーを止め、運転手に叫んだ。

「羽田空港まで全速力で！」

〒

　瞳子は大きく深呼吸をした。

　目の前で揺らめく劫火（ごうか）と黒煙。恐ろしい熱が、空気を通じて皮膚にちりちりと伝わってくる。ここに立っているだけでも辛いのに、あの中に飛び込むと考えると、心臓がばくばくと鳴り、冷や汗が流れる。

　だけど自分で決めたことだ。

背後を振り返る。周防はすでに荷物の山に取りつき、消火器をほぼ引っ張り出し終えていた。時折、心配そうにこちらを見る。

「行くよ、周防君」

「こちらはいつでも大丈夫です」

返答を確認して頷く。そして瞳子は真正面を見据えた。もう一度深く空気を吸い、止めた。そして立ち上がり、走り出す。

劫火が、黒煙がみるみるうちに目の前に迫って来た。歯を食いしばる。が、目は閉じない。決死の思いで前を向き、通り抜けられそうな一点を見つめた。炎の舌先が瞳子の足元に触れた。切り裂かれるような痛みが右足に走る。あのゆらゆらとした赤い舌は、柔らかそうに見えても、その実体は焼けた刃の集合体だ。

あそこしかない。

座席と座席の間の通路に身を投げ出すようにして、瞳子は床を踏み、飛んだ。かすかな火炎の隙間を縫い、表面積を小さくして。周囲から瞳子を捕まえようと迫る火の手を振り払い、ただ前に……。

抜けた。

両手を叩きつけて受け身を取り、一回転。案外床は反動があり、軽くバウンドしながらも瞳子は体勢を整える。驚いたのは床の熱さだ。靴を挟んでも熱い。裸足では立っていられないだろう。このままでは焼かれた機体が崩壊するのではないか。

機体は少し前から降下し始めていた。前方に傾いているので、よろめいて転がってしまいそうになる。瞳子は座席の一つを掴み、体を支えた。

「……子さ……す……か！」

煙と陽炎の向こうで周防が何か叫んでいる。炎と、降下によって空気を切り裂く音で、断片しか聞こえない。

「大丈夫！　さあ消すよっ！」

それでも聞こえることを信じて、瞳子も叫んだ。そしてすぐに後悔する。

バカ。余計な酸素を使った。

傾いたためもあり、機体の後部は濃い煙が充満している。座った状態でも、ほとんど見通しがきかない。あたりが闇に包まれているようだ。熱く甘い、死の闇。

冷静になれ。

体を低くし、這いながら、手探りに消火器を探す。倒れた乗務員の体に触れた。彼女のことも気がかりだが、早く消火器を見つけないと。この近くにあるはずなんだ。煙に目が染みて、何度も何度も瞬きする。息は止めっぱなしだ。心臓が激しく脈を打ち、焦りと熱で汗は止まらない。逃げ出したい。恐ろしくてたまらない。嫌だ、嫌だ、嫌だ……。

それでも前へ。ただ前へ、手を伸ばす。

あった！

指先が触れた瞬間、瞳子は思わず手を引っ込めた。熱い。ボンベはまるで火にかけられた鍋のよう。触れれば手が焼けただれる。

瞳子はその銀色を睨みつけ、歯を食いしばった。

意を決して両手でつかみ、手元に持ってくる。思わず漏れそうになる悲鳴を、無理矢理こらえながら。両足で挟み込んで固定し、噴出口を火に向けた。安全ピンはすでに外れていた。レバーを掴む。掌が焼ける。痛い、背筋に震えが走るほど痛い。それでもレバーを離さない。

このっ。

肩から体重を乗せ、レバーを押し込んだ。

爆発のような音と共に、白銀の息が噴き出した。

紅蓮（ぐれん）の炎が、思わぬ反撃にひるむように身をよじる。しかしすぐに勢いを取り戻し、瞳子に向かって襲い掛からんとする。負けるものか。噴出される消火剤で、赤を抑え込む。逃げ惑う火を、丁寧に包み込み、窒息させてゆく。

お前なんかに、負けるものか！

五秒……十秒……。

明らかに火勢は弱まっている。向こう側からも、白い煙が巻き上がっているのがわかった。周防だ。周防も懸命に戦っている。

苦しい。空気を吸いたい。もう息を止めるのは限界だ。

十五秒……二十秒……。

目の前でちかちかと星が瞬くようだ。こめかみの血管がぴくぴく脈打っている。胸が大きく痙攣し、早く空気を吸え、吸わなければどうなっても知らないぞと警告している。心臓が爆発しそうだ。それでも瞳子は口を開けない、息を吸わない。意思の力で抑え込む。

消火器のボンベがぶるっと震えた。そして数度咳き込むようにピンクがかったものを吐き、消火器が止まった。噴出から二十秒と少し、消火剤が切れたらしい。レバーを何度押し込んでも、うんともすんとも言わなくなった。

予備は？　見当たらない。

まだ炎は残っている。やや弱まったものの、またすぐに力を取り戻すだろう。瞳子は座席からブランケットを取った。難燃性のブランケットやカバーを掴み、炎に向かって投げ込む。小さい炎は上から抑え込んだ。

戦うんだ。最後まで。

完全に消し止めることができなくても、時間を稼げれば。飛行機が空港に戻る時間を稼げれば！

もう、酸素が足りない。視界は真っ赤に染まり、自分の心臓の音がどんどん大きくなっていく。代わって、あたりの音が聞こえなくなり始めた。

帰るんだ。絶対。

天井から酸素マスクがぶら下がっているのが見える。あれだ、あれを使えば。瞳子は手を伸ばす。震える手では届かない。ぼやけつつある視界では狙いがつけられない……やがてスイッチでも落とすかのように、視界が暗くなっていく。自分の体が立っているのか座っているのか、腕が動いているのか止まっているのか、何もかもわからなくなっていく。届け。腕。帰って、会うんだ。

ミズノンに、会うんだ。

瞳子は頭の中で繰り返した。

やがて全ての音が消えた。自分の心臓の音すら、聞こえなくなった。

〒

「機内は蒸し焼き状態になっていると考えられます！」

滑走路にアプローチせんと旋回するボーイング７７７を、空港のテレビが大写しにしている。あたりには人込みができ、その外れから水野は画面を見つめていた。望遠のため画像は荒いが、それでも窓越しに機内が赤く焼けているのはわかる。

「生存者はどうなんでしょうか。着陸の難易度は」

解説者とアナウンサーの会話を聞きながら、水野は両の拳を握っていた。

「パイロットとは交信が続いています。火元は客室で、幸いまだエンジンやアビオニクス、油圧装置は健在。着陸はできるでしょう。ですが機体後部は未だ炎上が続いていて、そちらの状況は不明です。有毒ガスの問題もありますから……あっ」

解説者とともに、あたりの全員が息を呑んだ。

「翼に火が！」

激しく揺れる画面越しにもはっきりと見える。右側の翼から煙が吹き出し始めた。時折、微かに赤い煌めきも確認できた。アナウンサーが焦った様子で聞く。

「エンジンに燃え移るのでは？」

「一つエンジンが止まるくらいなら何とかなります。まずいのは、燃料への引火。主翼の中には燃料タンクがあるんです。それに火が近づけば……最悪、爆発の危険があります」

たった数キロ離れた場所なのに。空は、どうしてこんなに遠いのだろう。鉄の檻に閉じ込められた乗客たちの命は、距離以上に果てしなくうつろに感じられた。

画面は空港に変わり、無数に並んでいる無骨な赤い車両を映し出した。戦車のようなタレットノズルを構え、九百馬力のエンジンをアイドリングしている。空港用化学消防車だ。

「空港ではすでに消火チームがスタンバイしています。あとは時間との勝負。着陸が、脱出が間に合うか。あ、こちらからも機影が確認できました！」

水野は窓ガラス越しに天を仰ぎ見た。

はるかな青空の向こう、太陽を背にして小さな影。よろめきながら、震えながら、必死に飛んでいる。こちらを目がけて飛んでいる。煙を吹き上げ、全身を炎に蝕まれながら、それでも。

瞳子があそこにいる。

もう、いてもたってもいられなかった。

水野は駆けだした。

制止する声がした。怒号も聞こえた。関係なかった。

水野は走った。人を突き飛ばし、立ち入り禁止のラインを越え、力の限り走った。報道陣も、空港スタッフも、野次馬たちも、みな空に目を向けている。あるいは、自分の仕事に忙しい。空港始まって以来の異常事態は、水野の行為に追い風となった。

チェックインゲートを力ずくで突破した水野は、そのまま搭乗ロビーを駆け抜ける。どこかでブザー音が鳴り、絶叫が聞こえたが、聞く耳を持たない。

どっちだ。どっちに行けばいい。

ええい、とにかく滑走路に出ればいいんだ。

窓に群がって外を眺めている乗客たちの隙間を縫い、水野は手近な搭乗口へと飛び込んだ。ボーディングブリッジを全速力で走り抜ける。ぐらんぐらんと、空港と飛行機を繋ぐための橋が揺れた。

途中で二人の空港職員が立ちはだかり、一人は水野の体に掴みかかる。

「どけよ」

水野は体に取りついた職員を引きずるようにして横のドアに飛びつく。一瞬の隙をついて体をひねり、職員を振り払うと、アルミの階段を三段飛ばしに、ほとんど落下するように降りる。甲高い音がリズミカルに響いた。

まったく。こんなことまでさせやがって。本当に危なっかしい人だ。どこまで人に心配をかければ気が済むんだ。

心の中でそう悪態をついたとき、ふと声がした。

——どっちが？

目を丸くした時、水野の顔を風が撫でた。


サイレンの音と、突っ込んでくるジェット機の轟音。滑走路の上を強烈な風が撫で、埃も砂も何もかもを舞い上げている。

天から影が差した。ランディングギアを猛禽の爪のごとく突き出し、猛火に包まれた巨大な鳥が、水野の眼前を塞がんとばかり、まっすぐに下りてくる。それは恐ろしい光景だったが、水野はそちらに向かって駆け出した。

——ねえ、宗一の方でしょ。危なっかしいのって。

どうしてこんな時に、こんなことを思い出す。

困惑しながらも水野は必死に足を動かす。聞こえてきたのは、昔の彼女の声だった。救えなかったあの子。もうこの世にはいないあの子。水野の後悔と、絶望の象徴。シャツの胸ポケットに入れっぱなしの、彼女からの最後の手紙が熱を持っているように感じられた。

ついこないだのように思い浮かぶ。二人でバイクに乗って行った夜の峠。カーブの間、木々の切れ目から自分たちの街が一望の元に見下ろせる。天然の展望台だ。まだ水野は長髪で、彼女は金髪に派手なピアスをしていた。ガードレールに腰かけながら、あの子は言った。

――こう見えて私、真面目だから。就職したら髪も黒に戻すし、ピアスだって取るよ。会社の色に染まれる、一市民になれるタイプ。だから宗一の方が、ずっと危なっかしいって。

どういうことだよ。ぶっきら棒に、水野はそう聞いた。

――だってあんた、頭に血が上ると何するかわからないでしょ。

そんなことない。

――あるよ。例えば私に何かあったらさ、どこまでだって助けに来てくれるでしょ。ギャングのアジトでも、雪山のクレバスでも、燃える飛行機の中だってさ。

当たり前だろ。あの子はくすくす笑う。

――愛される女ってのも辛いなあ。

何だよそれ。

――でも、いーよ。それで。宗一のこと、愛してるからさ。待ってるから……来てね。

満天の星空と、街の灯に挟まれた場所で、あの子はそう言っていた。水野が己の手を血に染め、彼女が自ら命を断つ、ほんの数日前のことだった。

水野は歯を食いしばり、服の上から手紙の入っている胸元を押さえた。苦しかった。心の中をえぐられている気がした。

俺の方が危なっかしい？　そんなはずはないだろう……。

目の前では報道陣たち、そのさらに向こうで消火チームがこちらに背を向けている。水野は彼らには目もくれず、ただ、今まさに降り立とうとしている飛行機を目指す。落ちてくる。

巨大な鉄塊が、降りてくる。

ああ、確かにな。

身一つで滑走路に入り、迷いなく俺は走っている。まあ、危なっかしいとも言えるよな。だけどそれは、決して俺のせいじゃない。そっちが悪いんだ。あんたが、瞳子さんが、危険な目に遭うからいけないいんだろ。

――ね、宗一。あんたも感謝しなきゃダメだよ。

あの子は、いたずらっぽく笑いながら水野を上目遣いに見る。

はあ? 何にだよ。

感謝するのはお前らだろ。こっちの気持ちを考えたことがあるのかよ。俺は、こんな危険な思いまでして、あんたたちを助けるのなんてごめんなんだ。心配して、不安になって、振り回されるのなんて、やってられねえよ。

――何にって? 決まってるじゃない。そこまでして助けたいと思える女性に、出会えた幸せにさ。

水野は思わずうっと唸った。

タッチダウン。強烈な風圧と共に、大地が震えた。とたん、激しい破裂音が轟く。水野の顔面に熱く黒い欠片が飛びつき、跳ね返ってすぐに後方に消えた。

「タイヤが破裂したぞっ!」

高熱でゴムが劣化していたのだろうか。右主脚でタイヤがバーストし、機体の勢いを支えきれない。火花を上げながら飛行機は尾を振るように横回転し始めた。土煙を巻き上げながら半回転し、ようやく止まる。地響きが水野の鼓膜を揺らした。

「着陸成功だ！　行け！」

誰の声かはわからないが、それを合図に空港用化学消防車が唸りを上げて突進する。わずか三十秒で時速八十キロまで加速するエンジンは、四十トンを超える巨体をゆうゆうと運び、たちまち天から堕ちた龍の周囲に群がった。翼に引火した飛行機はいつ爆発炎上するかわからない。決死の突撃だ。

報道陣も例外ではない。カメラを持つもの、マイクを持つもの、それぞれが必死に走り寄る。

「たった今、五八八便が緊急着陸しました！　機体は激しく燃え上がっています、真っ赤な火が見えます、ここまで火の粉が飛んできます！」

「どけ」

わめき散らすレポーターを押しのけ、消防車を追って水野は走った。滑走路を踏み、蹴り、駆ける。

そうだ。

目の前が晴れたような気がする。

自分の言葉を思い出して、水野は一人腹立たしかった。

――もう一度同じ失敗をするのが、怖くて仕方ない。特にあんたみたいな人を見てるとね。

違う。俺は確かに恐れていた。だけどそれは俺のせいだ。相手のせいじゃない。

――後を任せられる男ができて、丁度よかったスよ。

違う。誰かに後を任せたかったわけじゃないだろう。

俺だ。

俺が助けたかったんだ。

あの子の言葉が聞こえる。

――でも、いーよ。それで。宗一のこと、愛してるからさ。待ってるから……来てね。

ああ、行くよ。

あの人の言葉が聞こえる。

――ミズノン……お願い。力を貸してほしいの。

だから俺は、行く。


機体の前部で非常扉が一斉に開いた。圧縮ガスの音とともに緊急脱出スライドが放り出され、みるみるうちに膨張し、滑り台の形になる。水野の目の前で次々に乗客が脱出し始めた。乗務員が大声を発しながら、送り出している。うまく滑り台のように滑って着地する者もいれば、勢いが足りなかったのか途中でゴロゴロと転がってしまう者もいる。乗客たちは滑走路に降り立つと這う這うの体で立ち上がり、走って避難していく。

水野は一人一人、目をこらして顔を見たが、いない。

瞳子の姿がどこにも見つからない。

ほとんどの乗客が脱出に成功し、乗務員も怪我人を伴って飛び出し始めた。中には昏倒した様子の老婆を担いだ男性の姿もある。

しかし瞳子はいない。

煙に巻かれている後部では非常扉は閉まったまま。窓から覗く室内の光景は、黒一色だ。

「まさか、あそこに閉じ込められているのか？」

水野は様子を窺いつつ、後部へと歩き始めた。

機体後部では、ごうごうと音を立てて火が燃えている。金属の溶ける異様な臭い。猛烈な煙。そして、消防車が懸命に吹きかける消火剤。ほとんど視界はゼロだ。嵐のような風圧に弄（もてあそ）ばれながら、見上げる水野の目の前で、後部の非常口が一つだけ動いた。手動で動かしているらしい。じりじりと開いていくそれを見つめる。ひどく動作は遅く感じられ、水野は苛立った。

「周防っ！」

煙が噴き出す非常口から、一人の人間がこちらを見ている。煤煙で真っ黒の周防が、肩で息をし、苦しそうに喘いでいる。緊急脱出スライドが飛び出して膨らみ始めたが、火と消火剤に煽られてだろう、膨らみが十分ではない。やがてどこかに穴でも開いたか、風に揺れながらしぼみ始めてしまった。非常口の高さは地上から五メートルほど。スライドなしに飛び降りるには危険な高さだ。

周防はこちらに向かって手を振っていた。何か合図を送っているようだった。

「周防、瞳子さんは？」

水野が大声を上げた、その時だった。

この世のものとは思えない、絶叫のような音が響き渡る。まるで発泡スチロールか何かのように機体にめりめりと皺が寄ったと思うと、瞬く間に折れ曲がる。熱であぶられ、破壊された胴体が重みに耐えられなくなったのだ。

鉛筆を中央からぽっきりと折るように、飛行機は両断される。小さなビルほどの大きさの構造物が斜めに倒れていく様は、どこか夢のようですらあった。周防は滝に翻弄される木の葉のように、煙の中に消えた。座席が倒れ、紙コップやストローといった些末な品がばらばらとこぼれだし、翼が千切れ、寸断されたシャフトやパイプが露出した。

「爆発するぞ！　離れろ！」

遠くから声が聞こえてくる。

煙が風で晴れた時、非常口は斜めに傾き、機体後部は宙吊りになっていた。水野は折れ曲がった機体へと駆け寄る。

「おい、周防、大丈夫か！」

さっきの衝撃で非常口から投げ出されたのだろう。周防は地面に倒れていた。水野が抱き起こすと、目を閉じてうめき声を上げる。立ち上がろうとするが、すぐにバランスを崩して座り込んだ。足に怪我をしたらしい。

「しっかりしろ。救助隊がすぐ来る」

苦悶しながらも、周防は薄目を開けて水野を見た。そして言った。

「……瞳子さんが」

「何？」

「いるんです。瞳子さんが、まだ中に……担ぎ出そうとしたんだけど。間に合わなくて……」

水野は機体を仰ぎ見る。依然として五メートルほど上にあり、醜く歪んだ非常口の中に、大地震の後のような機内が見える。煙で真っ暗で、椅子が将棋倒しになっていて、荷物やらコップやらがぐちゃぐちゃに散らばっている。

そこに手があった。白い手が、まるで助けを求めるかのように、投げ出されていた。てらてらと赫い光に照らし出されて。

「よし。俺が行く」

周防の胸をぽんと叩き、水野は立ち上がる。水野の背を見て、周防が言った。

「……お願いします」

振り返っていたなら、周防の顔が見えただろう。思いを託す決意をした、少し寂し気なその顔が。

「水野さん。瞳子さんを、お願いします……」

周防は水野の背を見つめながら、そう繰り返していた。水野に、あるいは自分に言い聞かせるように。

絶対に助ける。

不安はあった。怖かった。だが、それを上回る意思が、水野の全身に満ちていた。空中の非常口に届く道はどこにもない。しぼんだ脱出スライドが、頼りなく風に揺れているだけだ。

水野は走る。そして力強く、跳躍する。ここしかない。道を神が教えてくれているかのような気がした。迷いはなかった。水野は飛んだ。

空中で手をまっすぐに前に伸ばす。

脱出スライドを掴み、ロープのように左腕に巻き付ける。衝撃を反動にして、即座に体を引っ張り上げる。轟音が機体の反対側から聞こえてきた。熱い空気が噴き出してきて、水野の髪をなぶっていく。残された時間は少ない。

右足を、飛び出して折れ曲がったシャフトに狙いをつけ、引っかける。体重を預けようとした途端、シャフトは抜け、金属質の音を立てて落下していった。もう一度だ。裂けてひん曲がった鉄板に、今度は足を乗せた。よし、こっちなら行ける。二点で自重を支えると、体をねじって反転させる。気合とともに頭を下げ、肩を入れると右手が高く伸びた。指先を必死に伸ばす。あと、少し。

周防が、消防隊が、報道陣が、そしてテレビを通して無数の人が、空中で非常口へと手を伸ばす水野を見つめていた。周囲から迫りくる炎と煙も。

非常口に、指が届いた。高熱に皮膚が焼かれる。歯を食いしばって耐え、力いっぱい左腕を引き、体を持ち上げる。脂汗がだらだらと額から流れる。体重に耐えかねて、腕の筋肉が悲鳴を上げている。

動け。

あと少し、動け。

縁に手がかかる。皮膚が焼ける音が、骨を通じて伝わってくる。熱したフライパンに手を当てているようだ。自らを引っ張り上げる。再び爆音が響く。それとともに機体が揺れて突風が吹き、水野の体は翻弄される。離すものか。この手を、決して離すものか。

今度こそ、俺の大切な人を、この手で……。

音が消えた。失った、守れなかった、かつての恋人の気配を背後に感じた。

――来てくれたんだね。

振り返ってもいないのに、あの子が優しく微笑んでいるのがわかった。応援してくれているのが、力を貸してくれているのが、水野を勇気づけてくれているのがわかった。

「瞳子……」

縁に上半身を乗せ、水野は見た。目の前で瞳子が眠ったように、伏せているのを。その目、唇、手、髪。火炎との激しい戦いによるものだろう、その顔は煤だらけ。だけど懐かしかった。もう何年も会っていなかったかのような気がした。

全身を非常口から機内に放り込み、水野は瞳子を掻き抱いた。温かい。胸が、かすかだが、確かに上下している。呼吸している。瞳子は生きている。

心配かけやがって。悪態の一つもつきたいところだったが、胸の奥から湧き上がる安堵が、それを許さなかった。

「……帰るぞ」

それだけ言うのが精いっぱいだった。鼻につんと電気が駆け抜ける。目の奥が熱くなり、何かがこぼれだしそうだったが、必死にこらえた。瞳子を背負い、水野は出口へと歩いた。

闇と炎に包まれた機内から、光に満ちた向こうへと。

機体の下に、タンカを担いだ救急隊員が走ってくるのが見えた。

〒

あの火災事故から、一週間が経っていた。

入院個室の窓からは銀杏並木が見える。黄色く染まった無数の扇状の葉を、亀山初美はただぼんやりと眺めていた。ふと、足を見る。重い火傷を負った足はまだしびれたように動かず、少しでも触れるとひどく痛い。創傷被覆材というシート状のもので保護されているが、その裏側がどうなっているのか想像すると恐ろしかった。

脇の椅子には周防律が座っている。彼はここに見舞いに来てから、ずっと押し黙ったままだ。

亀山と違い、彼は軽傷で済んだ。額と首筋に少し火傷を負っていたが、すでに治りかけている。最も、髪はチリチリに焦げてしまったのでだいぶ切ったようだが。

「……ばあちゃん。ごめんよ」

周防が、ふとこぼした。

「俺はずっと……ばあちゃんがばあちゃんだと気づけなかった。ごめん」

「いいさ、そんなの……」

そう答えたが、周防は構わずに続けた。

「俺、未熟だったよ。これでも一生懸命、やっていたつもりだったんだ。だけど、俺は手紙しか見ていなかったんだね。瞳子さんは、それに加えて……人そのものを見ていた。手紙は人が書くものという前提を、忘れてなかったんだ。だから、鶴田の細工にも気づけた……」

亀山の三分の一も生きていない周防。まだ若い彼には、酷な試練だったのかもしれない。

年と共にしがらみは増え、己を守る方法も学ぶ。結局、老人三人はみな、己を偽っていたのだ。若い周防に、それを見抜く眼力はなかった。

しかし、偽ればいつかしっぺ返しもやってくる。鶴田は私文書偽造罪にはぎりぎり該当しないとはいえ、もはや誰にも信用されないだろう。海老沢は意識不明の重体と聞く。でぶとのっぽの二人の刑事が、話も聞けないとこぼしていたのを見た。そして亀山は、隠し通してきた己の正体を明らかにされた。

「ばあちゃん。俺は鶴田の手紙を読んでいて、ばあちゃんには俺の手紙が読めなかったとするなら……俺、何年もかけて、何をやっていたんだろうね。何もかもすれ違っていたのなら、何一つ積み上げることができていなかったのなら、俺……」

周防は俯いている。両の掌で、膝を掴んで。

「俺……空回ってばっかりで……」

目は微かに潤み、歯を食いしばって。

その足が、おそらくは己の無力さゆえにだろう、震えていた。

俺には誰も、守れないのかな。

そんな心の声が、聞こえてくるかのようだった。

彼なりにまっすぐに、頑張って来たことが亀山にはわかった。そうでなければ、こんな風に悔しがったりはできないものだ。しかし、まだまだ視野が狭いのも事実。瞳子ほどの強い信念には至っていないのも、また事実。

及ばなかった。

それが痛いほどわかっているからこそ、この子は今、苦しんでいる。

何を言ったらいいかわからず、半身を上げて、亀山はゆっくりと手を伸ばした。そっと、周防の頭に手を乗せて撫でる。その髪の感触と体温を感じた時、亀山ははっと息を呑んだ。

そうだ、あの時……。

頭の中に鮮烈に映像がよみがえる。すっかり忘れていた記憶。いや違う、忘れよう忘れようと言い聞かせ、封じ込めていた記憶だ。

あれは良く晴れた春の日だった。

時刻は十一時ごろ。昼食を何にするか、考え始めた時。冷蔵庫には鮭の切り身が半分と、ひじきの煮物があった。皿を並べている時、あんたの父親、すなわち私の息子が、突然帰って来た。綺麗な女の人と一緒に、あんたを抱いて、帰ってきた。

扉を開けると、桃色の花びらがそよ風に乗って入り込んだ。

息子は、あんたが私の孫だと言った。抱いてやってくれと言った。あんたはまだ生後八か月だった。大きな目はその時から大きくて。照れたように唇の端で笑う癖はその頃から変わらない。

私はおそるおそる、震える手を差し出した。取り落とさないよう、気を付けなくてはならないほどだった。あんたは柔らかくて、あたたかくて、疑いもせずに私の腕にその体重を預けた。

　あんたは、呆然としているようだった。のんびりと小さい指をしゃぶり、こちらを見て数度瞬きした。私はそれに誘われるかのように、片手であんたの頭を撫でた。やわらかい感触、ほっとするような体温。

　この子は愛されているのだと、確信できた。

　……そうか。

　私は勘違いしていたのかもしれない。

　あの時、あんたは私とは違う人種だった。だから私は距離を置こうとしてきた、手紙を出す時も、金を送る時も、必要以上に近づかないように気をつけていた。

　だけど、孫はここにこうして、生きている。立派な青年として生きている。学もなく、薄汚いこの私を、祖母と慕ってくれている。

　もしかしたら、あの時……私は、あんたから人生を肯定されていたんじゃないか。

　ずっと気づかなかった。思いもよらなかった。母親から貰えなかった入園チケットを、あんたから貰えるだなんて考えもしなかったから。背中を丸めて生きるのに慣れすぎて、入園チケットの使い方なんて、知らなかったから……。

「……あんたの字は綺麗だったよ」

　亀山は声が震えるのをこらえて言った。

「えっ」

突然何を言うのだ、という顔で周防がこちらを見ている。

「読めなくたって、わかる。いや、わかるようでなければ、今まで生きてはこれなかった。心は字に現れる。あんたの字は素直で、いい字だ。ずっと見てきた私が、保証するよ。あんたは確かに、前に進んでいる」

「でも、俺は……」

「大丈夫。これからだよ」

亀山は言う。そう、あんたの人生はまだまだこれからだ。

「焦らなくていい、一歩一歩だ。耐えられないくらい辛いときもあるけれど、ふと、思わぬ幸せが転がり込むこともある。ちょっと視点を変えるだけで、幸と不幸はひっくり返る」

一つ唾を飲み込んでから、言葉を絞り出した。

「人生って、そういうものだったよ……」

「……うん」

ありがとう。

どちらからともなく、そう言った。

〒

窓から優しく光が差し込んでいる。

瞳子は病室の棚から着替えを取り出して、鞄に詰めていた。

この部屋にもすっかり慣れた。壁から飛び出している酸素のノズルをぼんやりと見る。マスクをつけさせられていたのが、遥か昔のように思えた。

いてて。足や顔に張られた火傷治療のシートが突っ張り、その奥でほんの少し痛みが走った。だけど、平気。

もうすっかり私は元気だ。お腹も空くし、お酒も飲みたい。

有毒ガスが回る前に失神していたため、ほとんど毒を体に取り込まなかったようだと、医者は言っていた。あれだけ危機一髪だった割に、軽い火傷程度で済んだのは奇跡と言えるだろう。周防や、水野のおかげだ。

ノックの音がした。

「あ、はい」

答えると、引き戸がからからと開く。周防が、こちらを覗き込む。

「瞳子さん、退院の準備、できましたか？」

「うん」

良かった、と周防が笑った。

「会計、水野さんがやってくれてます。タクシーも呼べると思いますけど」

「大丈夫。バスで帰るよ」

「了解です。あ、荷物持ちますよ」

周防が鞄を持ち、一階まで付き添ってくれる。階段を下りながら、瞳子はそっと言った。

「ありがとうね。周防君。無茶した私を、助けてくれて」

いやいや、と周防は笑った。

「そんなの当然ですよ。この入院中、何回言うんですか」

「何回言っても足りないよ」

「一回で十分です。それに、本当にお礼を言うべきなのは、水野さんですよ」

「ミズノンにも、言ったよ。言ったけど……」

入院中、二人は何度か見舞いに来てくれた。水野とはお礼も含めて二言三言会話はしたものの、忙しいのかすぐに立ち去ってしまう。どこかできちんと、話をしなくてはならないと思っているのだが……。

「水野さんにはもう一回きちんとお礼して損はないでしょうね。ほら、あそこにいますよ」

言われて顔を上げる。

広い病院のロビーの端っこ、窓の近くのソファに水野が座っていた。いつか見たような、でっかい荷物を携えている。近くまで瞳子たちがやって来たのを見ると、立ち上がり、無言で保険証やら領収書やらを突き出した。それを受け取り、たどたどしく瞳子は鞄の中にしまった。

「じゃ、俺はばあちゃんの傍にいないとなんで。あとはよろしくです」

周防はぺこりと頭を下げると、背を向けてエレベータの方に行ってしまった。残された瞳子は、おそるおそる水野の腹あたりを見た。

「バスですか」

少し上からかけられた声に、こくりと頷く。

「俺もバスなんで。一緒に行きましょう」

水野はポケットに手を突っ込んだままで、荷物は持ってくれなかった。


外で感じる秋晴れは、窓ガラス越しのそれより数段鮮やかに感じられた。空はどこまでも青く、透き通った雲の向こうで太陽が世界を温めている。鳥が空高くを飛び、やがて来る冬に備えて虫を食(は)んでいた。不思議と真夏よりも、緑が生き生きしているような気がした。

病院の前のバス停には、誰も並んでいなかった。

二人でそこに立ち、ただバスを待つ。

水野が時刻表を眺めている。瞳子はその横で、じっと立っていた。両手で鞄を持ってぶら下げて、少し俯いて。

そっと水野の横顔を見上げる。相変わらず無表情に、水野は遠くを見ていた。彼が何も言わないから、瞳子も何も聞けなかった。このままじゃダメだと思いながらも、ただ時間だけが過ぎていく。

言うって決めたのに。言うなら、今しかないのに。

この期に及んで、まだ私は怖がっている。

ふっくらした雀が、瞳子たちの前の花壇で何かを突いて食べている。きっと番いなのだろう、もう一匹は近くの消火栓のところであたりを見張っている。やがて雀が小さく鳴き、飛び立った。

「来ました」

バスがやってきた。

白地に赤のラインがペイントされた、立川駅前行きと書かれたバスが、柔らかく排気ガスを吐きながら、ロータリーに滑り込んでくる。運転士が大きな動作でハンドルを回しているのが見える。

水野が軽く足を浮かせ、大きな荷物を背負い直すのがわかった。風が瞳子の髪と、街路樹を揺らしていた。

だめ。

言わなきゃ、今言わなきゃ。

あの時言えなかったことを、帰ったら伝えると決めていたことを。

からからに乾いた口は動かない。声の出し方を忘れてしまったみたいだ。瞳子は意味もなく口をぱくぱくさせる。

行ってしまう、水野が行ってしまう、このままでは行ってしまう……。

「……っ」

水野が息を呑む音が聞こえた。

瞳子に水野の顔は見えない。だが、彼が驚いていることだけは感じ取れた。ただ俯いて、歩道と道路の間の縁石と、アスファルトの隙間から生える雑草だけを見つめる。

瞳子の左手は、水野の腕をぎゅっと掴んでいた。パーカーの生地は柔らかく、震える手に合わせて揺れる。水野がその気になれば、簡単に振り払えるだろう。だから力いっぱい、瞳子は腕を掴み続けた。震える声で、俯いたまま、瞳子は口を開いた。

「ミズノン、あの……」

バスが停車した。エアブレーキの音と共に扉が開き、杖をつく老夫婦がゆったりとした動作で降車する。運転士がマイク越しに言う。

立川バス立川駅前行きです。二分後に発車します……。

病院の前に止まっていたバスが、動き出した。

ロータリーを旋回し、大通りへと進んでいく。そして、あっという間にビルの隙間へと姿を消した。

車が巻き起こした微かな風が、バス停には残っていた。

その風を瞳子と水野は、立ったまま感じていた。

二人だけ、時間が静止したようだった。行きかう車も、飛んでいる雀も、風に揺れるパンジーも何もかもがそのままなのに。何気ない昼下がり、どこかから子供たちの声が聞こえてくるのに。

ぽとん、とアスファルトに水滴が落ちた。

水野の腕を掴んだままの、瞳子の手が震える。鞄の紐と一緒に握りしめたもう片方の拳も、震えている。ふいに吹いたそよ風が、黄色く色づいた木の葉を転がしていった。

「行かないで」

嗚咽（おえつ）しながらだったから、ほとんど言葉にならなかった。ぽとん、ぽとん。水滴は続けざまに落ちる。伝わらなかったかもしれない。もう一度言わなきゃ。もう一度、何度でも、言わなきゃ。

「行かないで、ミズノン、私、私、ミズノンと、ずっと、一緒にいたい……」

瞳子は必死に繰り返した。わななく唇で発音しづらくても、口の中に涙が入っても、構わずに。

背後からそっと、肩に何かが置かれた。息を呑み、思わず目を見開く。それが水野の掌だとわかるまで、さほど時間は必要なかった。大きな五本の指、温かな体温がはっきりと伝わってくる。

無骨な手なのに、優しい気配だった。

瞳子は水野を見上げて問う。いや、問おうとした。

言葉を発するより前に、勢いよくその口が塞がれた。

瞳子の視界は、水野でいっぱいになる。水野の短い髪が、瞳子の額をくすぐっている。その太い腕が瞳子を翻弄する。二人を真正面に向き合わせ、どこにも行かせないとばかりに抱きすくめる。瞳子の足は、つま先を立てても地に届かない。

秋空の下。白い病棟の影と、太陽の光の境界線。

抵抗する必要も、理由もなかった。瞳子は水野と一番近くで向かい合い、体を委ね、目を閉じた。水野の腕は逞しくて、水野の唇は柔らかかった。

ひときわ強い風が吹いて、すぐそばの銀杏の大木を揺する。無数の黄色い扇が幹から解き放たれ、二人の周りにはらはらと降り注いだ。

やがて、水野は瞳子を離し、地に降ろした。

瞬きを繰り返す水野の顔は、瞳子よりも遥かに赤く染まっていた。

目を逸らしながら、蚊の鳴くような声でつぶやく。

「……すいません。つい」

呆然とする瞳子の前で、水野はぶすくれた顔に戻り、そっぽを向く。眉間に皺をよせながら、ほら、と水野は手を伸ばす。

鞄を持っていた瞳子の手が、ふと軽くなった。

了

本作は書き下ろしです。

本作品はフィクションです。実際の人物や団体、地域とは一切関係ありません。

TO文庫

郵便配達人
花木瞳子が望み見る

2017年5月1日　第1刷発行

著　者　二宮敦人
発行者　本田武市
発行所　TOブックス
〒150-0045東京都渋谷区神泉町18-8
松濤ハイツ2F
電話03-6452-5678(編集)
0120-933-772(営業フリーダイヤル)
FAX03-6452-5680
ホームページ　http://www.tobooks.jp
メール　info@tobooks.jp

フォーマットデザイン　金澤浩二
本文データ製作　TOブックスデザイン室
印刷・製本　中央精版印刷株式会社

Printed in Japan　ISBN978-4-86472-580-4